谷川俊太郎の世界

北川透

思潮社

谷川俊太郎の世界　北川透評論集

思潮社

装幀＝高林昭太

目次

谷川俊太郎の世界

北川　透

I

詩はどこから始まるか
——谷川俊太郎の初期、あるいは資質の世界

若い読者へ

谷川俊太郎さんは現代を代表する詩人の一人ですが、きょう考えてみたいのは、みなさんと同じ年齢か、それより一、二年年上の頃の、いずれにしても二十歳前後の詩のことです。ここにはいつどのようにして詩は始まるものなのか、なぜ、人は詩人になってしまうのか、というなかなかスリリングな問題が孕まれています。

さて、みなさんは鉄腕アトムのことをご存知でしょう。少年ロボット・アトムが活躍する『鉄腕アトム』は、一九六〇年代に手塚治虫が、同名のみずからのマンガを基にして制作したテレビアニメーションです。お茶の間の人気をさらった当時はもとより、いまでもよく知られているアニメでしょう(二〇〇三年の四月から一年間、フジテレビで再脚色され、放映されたようですが、わたしは見ていません)。しかし、六〇年代に、こどもも大人も口ずさんだ『鉄腕アトム』の、あの明るく軽快な主題歌の作者については、意外に知られていないかも知れません。むろん、その作者は、今回、取り上

げる詩人谷川俊太郎さんです。

空をこえて
ラララ　星のかなた
ゆくぞ　アトム
ジェットのかぎり
心やさしい
ラララ　科学の子
十万馬力だ　鉄腕アトム

（「鉄腕アトム」歌詞）

最初にも申しましたが、谷川さんは現代の詩を、もっとも高いレベルで代表する詩人です。みなさんにとっては難解な詩もありますが、同時に多くの人に親しまれているポピュラーな詩もあります。谷川さんが幅広い読者に支持されているのは、現代詩の先端の試みを含んだ数多くの現代詩の詩集とともに、『日本語のおけいこ』に代表されるような新しい童謡、幼いこどもたちにも愛唱されている『ことばあそびうた』、それに『マザー・グースのうた』の翻訳、数々の絵本、ビデオ、コマーシャルの制作など、さまざまな分野の仕事があるからでしょう。

ただ、わたしがこの懐かしい「鉄腕アトム」の歌詞から思い起すのは、最初の詩集『二十億光年の孤独』です。この第一詩集が出版されたのは一九五二年でした。ここには一九四九年（十八歳）から五一年（二十歳）までの、谷川さんの初期作品から選んだものが収められています。「鉄腕アトム」

の歌詞が書かれたのは、それから十数年後になりますが、最初の詩集の中に流れている、ある特徴と通い合うものがあります。それは一口で言うと、孤独な少年の宇宙的感覚というようなものです。なぜ、孤独なのか、なぜ、宇宙感覚なのか。ここには谷川さんの詩がどこから始まったのかを解く、大事な鍵の一つがあるように思えてなりません。

宇宙と孤独

詩集の題名にもなった「二十億光年の孤独」という作品は、中学校の国語の教科書にも載っているので、みなさんの中にも読んだことのある人は多いと思います。これを谷川さんが書いたのは《手元にある当時のノートブックを見ると一九五〇年五月一日である》（「谷川俊太郎自筆年譜」）とありますから、十九歳の時です。

人類は小さな球の上で
眠り起きそして働き
ときどき火星に仲間を欲しがったりする

火星人は小さな球の上で
何をしてるか　僕は知らない
（或はネリリし　キルルし　ハララしているか）
しかしときどき地球に仲間を欲しがったりする

それはまつたくたしかなことだ

万有引力とは
ひき合う孤独の力である

宇宙はひずんでいる
それ故みんなはもとめ合う

宇宙はどんどん膨んでゆく
それ故みんなは不安である

二十億光年の孤独に
僕は思わずくしやみをした

（「二十億光年の孤独」）

この詩には、いくつかの際立った特徴があります。まず、二十億光年ということばに注意がいくと思います。光年とは光が一年間に進む距離の単位です。二十億光年とは、宇宙の直径を意味している、ということを作者は別に述べていますが、それは人間が直接に感じることの出来ない距離感の表現と見たらよいでしょう。その無限の宇宙空間の中で、地球（人）と火星（人）が引き離されている。それを作者はごく自然に孤独と言っているのです。むろん、火星（人）が実在するかどうかという次元のことではありません。孤独な地球（人）と火星（人）とが万有引力の法則に基づいて求め合っている、という少年らしい発想や想像がそこにあります。ユーモアや遊びの感覚はこの詩人特有のものですが、すでに初期のこの作品のネリリ、キルル、ハララのような火星語らしいオノマトペアの発明にも、それは表れています。もっとも、これは〈寝る〉〈起きる〉〈働く〉の音韻の連想から生まれたものでしょう。

ところで、万有引力の内に孤独の力を見たり、宇宙の歪みや膨張に天体の不安を感じたりするところ、あるいは二十億光年という途方もない距離感のなかでの天体の孤独に、〈僕〉がくしゃみをしたりするところにも、何かおかしさがありますが、それと同時にうっすらとした悲しみの感情が流れていることにも気づきます。それにしても、〈僕〉は、なぜ、くしゃみをしたのでしょうか。くしゃみは外界の気温の変化や刺激に発作的に呼吸器が反応する生理現象です。この場合は天体の孤独に、〈僕〉の内部の孤独が生理的に反応した表現、と受け取っていいでしょう。考えてみれば、少年の〈僕〉が孤独なら、それをもっと直接的に表現することもできたはずです。実際、そういう詩もあります。

実は谷川さんには、十八歳から十九歳にかけて書かれた作品が沢山あります。第一詩集『二十億光年の孤独』は、その中から五十篇を選んでいます。そして、四十年後の一九九三年に、そこで落とされた作品から、六十二篇が編まれ、『十八歳』という詩集が刊行されました。この詩集の「あとがき」によると、当時、書かれた詩稿ノートが二冊残っており、一冊は「傲慢ナル略歴」、もう一冊は「電車での素朴な演説」と題されているようです。実はこの頃の詩は『日本の詩17・谷川俊太郎詩集』（一九七二年）にも、「二十億光年の孤独　拾遺」として二十一篇が集められています。それらを合計すると一二三篇となりますが、谷川さんはこの頃、詩を《ほとんど毎日のように書いて》（『十八歳』「あとがき」）いたらしい。時間を隔てて公刊された三冊の詩集によって、谷川さんの《詩への出発点》をなす、この時期の作品の大部分は、いま、読むことができます。

先にも述べた孤独が直接的に表現されている詩は、むろん、このなかにいくらでもありますが、詩集『十八歳』に収められている、同名の「十八歳」などはその典型でしょう。

ある夜
僕はまったくひとりだった

想い出をわすれ
本棚と雲に飽き
おさないいかりとかなしみと
僕はにがく味わった

雨のふる夜
僕はほんとにひとりだった

（「十八歳」）

十八歳のひとりぼっちの心情が、端的に表現されているだけで、宇宙感覚のようなものは見出せません。この作品には〈1950. 2. 9〉の制作日付が示されていますが、谷川さんはおそらく初めから宇宙のモティーフを自覚していたわけではないでしょう。かつて公刊されなかったノートの範囲でもっとも早い〈1949〉年の制作日付をもった作品は、『十八歳』の中に七篇、「二十億光年の孤独　拾遺」の中に一篇ありますが、それらには〈宇宙〉ということばは見られません。しかし、天空とか、雲、地球などの天体に関することばは多く使われています。つまり、コスミックな関心は最初からあった、と見るべきでしょう。次の「ある世界」は、『十八歳』の中で〈1949.11.14〉の日付のある詩です。

昼が夜に昇華するとき
夕焼雲のむこうに
私はひとつの世界を見る

地球は平らな円板だと考えた
はるかなむかしに
生まれたかったと思う
夕焼雲のかなたのあの赤さは
大地の果ての火の流れじゃと教えられ

その火にひそかなあこがれを
(或いはわずかなおそれをも)
もちたかったと思うのだ

夜のおとずれを待ちながら
夕焼雲のかなたに
私はひとつの世界を見る

（「ある世界」）

これは三島由紀夫の短篇「海と夕焼」（一九五五年）を思わせるような佳作ですが、むろん、当時、この作品は発表されなかったのですから、影響関係などあるはずがありません。夕焼を通して、見えない彼方への甘美な憧れをうたっているので、そう感じられるのでしょう。これよりも少し後の「天の断片」という作品も、降る雪を《けがれなく　かなしみの天の断片》としてとらえ、《完全な六角の結晶は／それ自身厳《いつく》しい天のおきて／それ自身美しい天のおもい》とうたわれています。美しい雪を降らせる天空への主観的な想いを述べている、この作品も「ある世界」と同質のロマンチシズムを感じさせることばでできています。

「二十億光年の孤独」とこれらの最初期の作品には、たしかに天体への関心という共通性があります。しかし、後者の非在（のユートピア）への憧れや、無垢なものへの美的な空想と、前者の宇宙的感覚というものは、どうも質的に違うものがあるのではないでしょうか。若い谷川さんがロマン的な天体への関心を経て、短い期間に一挙に体得してしまった宇宙感覚には、これまでのわが国の詩史には現われたことのない異質なものがあります。それを天体の孤独にくしゃみの発作を起こすという形で、〈僕〉の孤独の悲しみが表現されたところに見てもいいでしょう。つまり、宇宙感覚は〈僕〉の孤独と切っても切れない関係にあることが、くしゃみという泣き笑いの生理で示されますが、そこに不思議に濡れた情緒は含まれていません。そこにこれがこの詩人にとって、何か不可避的な本質的なものであるような感じを、わたしたちが抱く理由かも知れません。

資質と仮構

宇宙感覚を明瞭な形で映し出している作品は、詩集『二十億光年の孤独』では「祈り」「かなしみ」「地球があんまり荒れる日には」「警告を信ずるうた」「周囲」「夜」「はる」「博物館」「二十億光年の孤独」「五月の無智な街で」「埴輪」など多数にのぼります。『十八歳』では「If I could......」「抱負」「しずかな譚詩」「おそれ」など、「二十億光年の孤独　拾遺」では「常に」「天使は」の二篇だけです。これは『二十億光年の孤独』という詩集の編み方のなかに、宇宙感覚の作品を選ぶという、はっきりした自覚が働いている、ということではないでしょうか。詩集の題名の選択ということも含めて、当時、編集段階でそういう自覚が可能になるためには、制作過程のなかで、次第に宇宙が強烈に意識されていったということがある、と思われます。それらのなかでも「かなしみ」は、宇宙を資質の奥深くに抱きかかえた記念碑的な作品でした。

あの青い空の波の音が聞えるあたりに
何かとんでもないおとし物を
僕はしてきてしまつたらしい

透明な過去の駅で

遺失物係の前に立つたら
僕は余計に悲しくなつてしまつた

（「かなしみ」）

この短い作品はいろいろな読み方が可能でしょう。〈僕〉が宇宙を旅している間に、そのどこかで何か大事な落とし物をしてきてしまった。時間をさかのぼって、過去の駅で遺失物係の前に立っても、何を落としたかが言えなくて悲しみに包まれている、というのが一つの読み方です。もう一つは〈僕〉を宇宙人（火星人）として見る物語です。別の星の世界から地球にやってくる間に、宇宙人の〈僕〉はとんでもない落とし物をしてしまった、というのです。谷川さんの親しい友人で詩人の大岡信さんは、《自分はひょっとしたら、地球とよばれる宇宙の渺たる小惑星へあやまって置き去りにされた別の天体のみなし児ではないか、とでも言いたげな、少年にふと訪れる不思議な遠さにみちた孤独感、それが「かなしみ」を詩人に書かせている。》（『現代の詩人9　谷川俊太郎』解説）と述べています。

たいへん魅力的な理解ですが、この詩からは、わたしたちは、他にも幾つもの物語を作ることができるでしょう。ただ、詩は物語ではありませんから、一つの正解の物語にとらわれる必要はないわけです。肝心なことは、この詩の宇宙感覚には、何か深い喪失感と、それ故の孤独の悲しみがつきまとっていることを読み取ることです。孤独と言っても、悲しみと言っても、少なくとも表現された世界で見る限り、人間関係からくるものではないし、人生的なものではありませんから、情緒的な感情に流されない、不思議な透明感が漂っています。先にも指摘しましたが、ここでもう一度、確認しておきたいことは、これらの作品ばかりではなく、谷川さんの宇宙感覚の詩は、宇宙と孤独がいつもセットになっている、ということです。先にも題名だけをあげた『日本語のおけいこ』（一九六五年）に

「宇宙船ペペペペランと弱虫ロン」という作曲された詩がありますが、これなどにもその特色がよく出ています。

それはどんな詩かと言いますと、まず、ペペペペランというのは、アンドロメダへ飛び立った宇宙船の名前です。初めは二十七人のこどもが乗り組んでいましたが、彼らは長時間の飛行のなかで成長し結婚をします。しかし、弱虫ロンはひとりものの料理番として、一人残されただけでなく、宇宙船の事故の際に、星々の間に置き去りにされてしまいます。全部で六行を一連とする六連の比較的長い詩（うた）なので、最後の二連だけを紹介しましょう。

ペペペペランは宇宙船
だいじな時間むだにできぬ
弱虫ロンをおきざりに
ゆくえもしらずまっしぐら
ふるさとの地球は
はるかかなた

ペペペペランは宇宙船
ギラギラ光る星の中
弱虫ロンは気がふれた
星のあいだをただよって

大きな声で歌をうたう
なつかしい地球は
星のかなた

（「宇宙船ぺぺぺぺランと弱虫ロン」第五、六連）

こうして、ひとりぼっちになった弱虫ロンは、宇宙を彷徨いながら、気がふれて大声で歌い続けるのです。今風の童謡とはいえ、ここには歌い続けることを宿命づけられた孤独な独身者、詩人のイメージが重なって見えてきます。宇宙感覚をみずからの詩の起源とする、この意志的な仮構が、どこかで詩人としての宿命の自覚になったのではないでしょうか。そのことをよく示しているものとして、後年、しばしば話題にされる「地球へのピクニック」（『愛について』一九五五年）「芝生」（『夜中に台所でぼくはきみに話しかけたかった』一九七五年）などの作品があります。

そして私はいつか
どこかから来て
不意にこの芝生の上に立っていた
なすべきことはすべて
私の細胞が記憶していた
だから私は人間の形をし
幸せについて語りさえしたのだ

（「芝生」）

他の詩人がこんな風に書けば、とても作為的に見えたり、気障に感じられるはずです。しかし、谷川さんの作品では、自然なパフォーマンスになっています。それは谷川さん自身も、《どこかからの贈物のように、夢遊病的に得た作》（「自作について」）と述べていますが、宇宙感覚が初めからこの詩人に本質的な、あるいは不可避的な訪れ方をしているからでしょう。そして、これがことばを換えて言えば、みずから自分の資質の世界をそこに見ている、ということです。

資質というのは、必ずしも、その人の生まれつきの性質ということではありません。彼が生まれ育った環境、人間（家族）関係の中で、何か不可避的な契機によって身に着けた性格とか、ことばの能力のことだ、とここでは考えることにします。なぜ、谷川さんの資質が宇宙感覚とか、他者との同調を拒む孤独とかにあるのかを考えるとき、そこに谷川さんの生い立ちの問題を、どうしても考えないわけにはいきません。

実は谷川さんは、哲学者であり、思想や文芸評論の幅広い領域で活動した谷川徹三と母多喜子の一人っ子として、一九三一年に生まれました。一人っ子だから、谷川さんにとって、孤独が詩の始まりのモティーフになった、というわけではありません。そのことも大事ですが、それを考えるには、同時に彼の初期の詩の宇宙感覚と表裏をなす大きな特質である、生活や社会、そして他者、人間が具体的にうたわれることが少ないことも注目すべきでしょう。それはこれまでに例示してきた作品のすべてが、それを証していますが、制作の日付が分かっているうちで、もっとも早い〈1949.10.12〉の作品「日々」（『十八歳』所収）もそれを示しています。ここで自分の幼年の世界はどううたわれているか、ということです。

ぶらんことつみきの世界
いぬころとビスケットの世界
　明るい色にとけ合い
只　幼かった

（「日々」第一連のみ）

遊具と犬と菓子しか映し出さない幼稚園、隣に少女がいたことは思い出されますが、すでに作品のなかでは彼女は死んでいて玩具しか遺されていません。ものや遊具が明るく溶け合っていても、どこか不気味なのは自分以外のこどもがいないし、共に遊ぶ楽しさが伝わってこないからでしょう。〈1949.12〉の日付をもつ初期作品のうちで、他者の登場する、ただ、一篇の例外と思える作品は、夜間高校をうたった「夜の教室」（『十八歳』所収）です。しかし、ここでも明るい電燈の下に映し出されているのは、先生一人の孤影です。

　　生徒はみんな遅刻する
　　先生ひとりで待っている
考えても御覧　あの教室に先生ひとり
おまけにあかりは六百燭！
遅刻という現象はこれ程酷薄無残のものか
煌煌のひとへやにしらじらとひとひとり
　生徒はみんな遅刻する

（「夜の教室」〈3〉）

先生ひとりで待っている

かつて昼の教室であこがれた月の光も、いまの〈私〉を慰めはしないとか、夜の教室に青い空のないことが悲しい、というような感傷は表現されていても、夜間の生徒の活動や生活する姿は、まったく現われてきません。その教室のなかの実際の状態がどうのこうのということを言いたいわけではありません。そこにはおそらくさまざまの光景、場面があるにもかかわらず、遅刻してくる生徒を、ひたすら一人で待っている先生の孤独な姿に、作者の眼が引き付けられていることの異様さに注意したいのです。

『二十億光年の孤独』のなかでも、もっとも若い読者に親しまれ、また、作品としてもすぐれた一篇は「ネロ――愛された小さな犬に」でしょう。しかし、ここでもわたしたちはネロが生きている愛犬ではなく、死んだ小犬だということを注意すべきかも知れません。

ネロ
もうじき又夏がやってくる
お前の舌
お前の眼
お前の昼寝姿が
今はつきりと僕の前によみがえる

お前はたつた二回程夏を知つただけだつた
僕はもう十八回の夏を知つている
そして今僕は自分のや又自分のでないいろいろの夏を思い出している
メゾンラフイツトの夏
淀の夏
ウイリアムスバーグ橋の夏
オランの夏
そして僕は考える
人間はいつたいもう何回位の夏を知つているのだろうと
……（三連、四連、省略）……

ネロ
お前は死んだ
誰にも知れないようにひとりで遠くへ行つて
お前の声
お前の感触
お前の気持までもが
今はつきりと僕の前によみがえる

しかしネロ
もうじき又夏がやってくる
新しい無限に広い夏がやってくる
そして
僕はやっぱり歩いてゆくだろう
新しい夏をむかえ　秋をむかえ　冬をむかえ
春をむかえ　更に新しい夏を期待して
すべての新しいことを知るために
そして
すべての僕の質問に自ら答えるために

（「ネロ——愛された小さな犬に」第一、二、五、六連）

この詩の好ましさが、愛された小犬ネロに向けて語りかける、その体言止めを繰り返す歯切れのよい、リズミカルな調子にあることはいうまでもありません。ことばは具体的であり、かつて二度の夏を共に過ごしたネロの舌や眼、昼寝姿が甦ってきます。第二連のカタカナの地名が分からなくても、ネロの記憶に誘われるように、語り手が思い起していく非日常的で、しかも、知的な夏の経験が伝わってきます。おそらくカタカナ語の明るく軽いひびきや湿気を感じさせない乾いた季節感も、この詩を魅力的にしているものです。そうは言っても、これらのカタカナの地名がどこを指しているのかは、まだこの作品が作られてまもない一九五五年に、詩人が自作を語った文章「詩人とコスモス」のなかで明らかにされています。

メゾンラフィットの夏は、マルタン・デュ・ガールの〈チボー家の人々〉に出てくる夏、淀の夏は、ぼくの母の里である京都府淀町の夏で、敗戦をぼくはそこでむかえた。関西地方特有の白い反射の烈しい砂地や、中学校の体操の時間の少年たちの裸身が今も記憶にのこっている。この淀の夏だけが〈自分の夏〉で、あとウィリアムスバーグ橋の夏は、アメリカ映画〈裸の町〉に出てくるニュー・ヨークの夏、オランの夏は、カミュの〈ペスト〉にあるアフリカの町の夏である。映画を見たり、本を読んだり、実際に生活したりして経験したこれらの夏に、ぼくはそれぞれに感動してきたのだが、ここではそれらの感動がひとつの大きな夏という季節、即ち生の流れの中で新しくとらえられ、それが今年のもうすぐやってくる夏とくらべられている。

（「詩人とコスモス」）

自分の経験のなかの様々な夏を記憶の抽斗のなかから取り出していく、この文章自体がとても魅力的ですが、それを知った上で「ネロ」を読むと、作品がいっそう奥行を増してくるような感動を覚えます。ネロはそれらの過ぎ去った幾つもの夏の思い出の象徴ですが、この詩が郷愁とか懐旧の情感を感じさせないのは、そこに《いったいどうするべきなのだろう》という問いが含まれているからでしょう。そして、ネロの思い出の夏を越えて、新しい季節を迎え、新しいことを知り、自らの問いに答えるために生きていこうとする決意が表明されます。しかし、これはとても孤独な決意です。そこには一人の他者の影も、生活の断片も現われません。「ネロ」と「二十億光年の孤独」は、宇宙感覚という点では異質な作品のように見えますが、他者や生活の感じられない孤独の深さを表現のモティーフにしていることでは、メダルの裏表のように共通しています。

学校、宮沢賢治、世界へ

谷川さん自筆の年譜によると、昭和二十五年（一九五〇年）の項には、次のように書かれています。

学校ぎらいが激しくなり、度々教師に反抗する。成績低下、定時制に転学して、辛うじて卒業する。大学進学の意志は全くなくなっていた。一二月、『文学界』に「ネロ他五篇」が三好達治の紹介で発表される。

（角川文庫版詩集『朝のかたち』「年譜」）

簡潔な短い文章ですが、すべてが圧縮されて語られています。少年にとって学校は、生活の場であり、社会につながる所でもあるでしょう。原因はどこにあれ、谷川さんはその場所から疎外されたのでした。これを中原中也流に言えば、《私はその日人生に、／椅子を失くした。》（「港市の秋」第四連）ということです。ただ、谷川さんにとって特異なのは、その深い喪失感、それが内蔵している沈黙の言語を、いわば地球に一人で降り立った、宇宙人のような孤独な意識と表現の意志に転換したことです。ここに谷川さんが生まれつきのように手に入れた資質の世界があることは、これまでに見てきたとおりです。

ひとりぼっちの意識が宇宙人と重なったところには、宮沢賢治の影響があるのは確かでしょう。谷川さんはお父さんの徹三さんが、宮沢賢治の研究者でもありましたから、家庭環境においても、賢治に親しむ機会に恵まれていたはずです。後年、彼は「宮澤賢治・四つのイメージ」（一九七七年）で、そのことについて次のように書いています。

父の部屋に入ると、畳の上いっぱいに何枚もの大きな紙がひろげられていて、そこに私は「まずもろともに　かがやく宇宙の微塵となりて無方の空にちらばらう」という父の筆のあとを見る。不意に私は自分のからだそのものが、その言葉と化して、しぶきのように飛び散るかのような不思議な感覚を味わう、ほとんど無に等しい希薄な空間を、光の速度で遠くへと飛散していく私、そこには一種の恍惚があった。微塵となっているくせに、私は私なのだった、他の微塵とはますます離れ離れになっていくのだった。私は訳の分らない涙が、胸の中にわき上るのを感じた。／松川町役場うらの丘に立つ、その賢治の詩碑をまだ私は見たことがない。

（「イメージ４」）

引用の賢治のことばは、「農民芸術概論綱要」のなかのよく知られた一節です。おそらく父徹三が賢治の詩碑にもっとも相応しい書体を選ぶために、何枚もの紙に清書したものが広げられていたのでしょう。谷川少年の孤独は、そのことばに同一化し、微塵となって宇宙に飛散していくような恍惚とした経験をしたものと思われます。この回想通りではないにしても、これに似た経験があったとして、それは少年の学校生活や学校の教育に代表されるような知の体系を拒否する孤独と、宮沢賢治の宇宙感覚が融合した至福の一瞬だったのかも知れません。「『銀河鉄道の夜』再読」（一九七八年）でも、《「銀河鉄道の夜」を初めて読んだのがいつごろのことだったか、それはもう思い出せないが、詩を書き始めた十代の終りにはすでに読んでいたのは確かだし、『二十億光年の孤独』というぼくの最初の詩集そのものが、賢治の詩と同時にその童話の、とりわけ「銀河鉄道の夜」の強い影響のもとにあったことはあきらかだ。》と語られています。

そうだとすれば、詩集『十八歳』のなかで〈1950.3.9〉の日付を持つ「僕は創る」のなかに、次のような一連があることも暗示的でしょう。

ピーターパンの若さをもち
宮澤賢治の詩だけを食べて
自動漂白性の毛皮をきた
透明な白い仔犬を僕は創る

かれらは僕のこころの投影で定義され
十代の幼稚な尻尾と
十代のまじめな眼とをもっていて
しごく無邪気に吠えたてる

（「僕は創る」第二、三連）

この《僕のこころ》を投影された、十代の尻尾とまじめな眼をもった《透明な白い仔犬》とは、彼の創る詩や作品を例えたものでしょう。それは《宮澤賢治の詩だけを食べ》て成長するのです。そしてまたそれは〈宇宙感覚を食べる〉詩と等しいことは、もはや明らかです。おそらく宮沢賢治の詩や童話を媒介とした表現の自覚や欲求は、あたかもこの詩人に必然のように宇宙感覚をもたらしたのでした。そして、父親が留守がちな一人っ子の家庭、登校拒否や定時制高校への転校、生活の実体の喪失や他者の不在、それらが抱え込んだ沈黙の言語、それに纏いつかれた孤独地獄は、谷川さんの資質の深いところで感受性の幸福に転化したのです。否定的な意味でのひとりぼっちの宇宙人は、肯定的な存在理由となり、これまで日本の詩人が誰も表現できなかった、宇宙感覚というオリジナリティを約束したのでした。彼の孤独はそこで特権的な能力になった、とも言えます。

『二十億光年の孤独』や『十八歳』に収められた詩篇が書かれた一九四九年から五一年までの時期は、まだ、太平洋戦争の記憶も生々しく、戦後の社会的混乱も収まっていない時期です。一九五〇年六月に起こった朝鮮戦争もほぼ三年間続きます。人々は飢餓や死の体験、第三次世界大戦の予感のなかで、階級とか革命とか民族独立とかの重苦しい政治や思想のことばに支配されていました。そこにそうした現実に根底をもたないような明るく、軽いひびきを感じさせる、あの〈ネリリ、キルル、ハララ〉の火星語（「二十億光年の孤独」）や、《メゾンラフイットの夏／淀の夏／ウイリアムスバーグ橋の夏／オランの夏》（「ネロ」）などに象徴される谷川さんの詩のことばが出てきたのでした。これらのことばのひびきが新鮮だったのは、体験だとか、イデオロギーとか思想とかの戦後詩の枠組みや意味を無化するような働きを、それがしたからではないでしょうか。むろん、これまでの詩の歴史や戦後詩のシーンに、こうした透明な宇宙感覚や乾いた季節感の浸透したことばが登場することもなかったのです。それが戦後詩の読者を越えた、あるいはそれとは別の広い読者に、谷川さんが支持された理由でしょう。

しかし、それは同時に戦後の現代詩の中での谷川さんの孤立を意味しました。戦争体験や戦後社会との格闘のなかにこそ、戦後詩は表現の根拠を見出していたからです。ここに戦後詩の中での谷川さんの登場の逆説的な意味がありました。つまり、谷川さんの詩は戦後社会や生活に体験的な、あるいは直接的な根拠をもたなかったから、つまり、宇宙人のように登場したからこそ、逆に社会や他者を呼び込み、また、それらを強く求めねばならなかった、ということです。ここで繰り返しになりますが、注意したいのは、この宇宙人が単なるアイディアや空想の産物ではない、ということです。その裏側には恐ろしいほどの孤独、《ひとりぼっちの裸の子ども》がいました。その子どもは学校という知識の体系とは別のところで詩を考えていました。そこに近代詩、戦後詩の影響や出来合いの知識に寄り掛かって詩を書かない、身体のなかに蓄積され消化された感覚や思惟によってだけ詩を書くスタイルが生まれました。そんな例は初期の詩から、いくらでもあげられますが、たとえば『二十億光年の孤独』から「世代」という作品をあげておきます。

漢字はだまつている
カタカナはだまつていない
カタカナは幼く明るく叫びをあげる
アカサタナハマヤラワ

漢字はだまつている
ひらがなはだまつていない
ひらがなはしとやかに囁きかける
いろはにほへとちりぬるを

（「世代」第二、三連）

そこに谷川さんの初期の詩のもつ、ことばの批評性やシンプルな美しさ、童話的な語り口の親しみやすさがありました。それとともに、子どもっぽさや幼さもあったと思われますが、ともあれ、この孤立、孤独のなかに含まれていた沈黙の言語は、詩というメディア、宇宙感覚という個性を通してしか、他者に伝わることができなかったのでした。それによって他者とつながる、あるいはつながりたいという思いが、谷川さんの詩についての考えに、ある意味で過剰な、戦闘的な性格を与えました。彼が一九五〇年代、二十代に書いた評論は『世界へ！』にまとめられていますが、そこには一貫した語りの調子があります。たとえばそれを次のような主張に代表させてもいいでしょう。

実際に、一九五六年の日本で、詩を書いて食っている詩人はいない。しかし、だからといって、それが詩を孤立させていい理由にはならない。我々は詩が売れるように努力すべきである。何故なら詩が売れるということは、人々が詩を享受するということであり、それは同時に、我々が詩人になれる唯一の途だからだ。私は享受するといった。何も詩は読まれるに限ったことはない。歌の中にも、スリラー映画の中にも、ストリップショウの中にさえ詩をすべりこませることは出来るのである。我々がソネットや、散文詩や、活字や同人雑誌に固執する理由は全くない筈だ。今日、月に一、二篇、二十行ばかりの詩を書いている詩人などは、彼が如何にいわゆる社会的な詩を書いているにせよ、社会から逃避しているといわれても仕方がない。詩人は、お富さんの悪口をいう前に、何故新しい歌をひとつでも書いて発表しようとしないのか。下らないラジオのゴールデンアワーについて、憂国的な台辞をもてあそぶ前に、どうして一本のミュージカルショウを試作してみる気にならぬのか。詩人の社会性とは、何も戦争責任を追及するに限ったことではない。人々は日々刻々生活し続けているのだ。詩人はその中で新しい社会性を、実際の作品によって発見してゆかねばならない筈だ。

（「世界へ！」）

一人の若い詩人の考え方として、間違ったことが言われているわけではありません。落後者の言い訳のような詩の弁護でもなければ、観念的超越的な詩の主張でもない、現在、詩人を職業にして生きていこうとする、若々しく無謀でまっとうな詩人宣言の調子がここにはみなぎっています。しかし、それにもかかわらず、せっかちな、いらいらした、何か過剰なものが、この語り口にはあります。何が過剰なのでしょうか。それは個々の詩人の恣意性に属することまで、詩人一般の主張や在り方として論じられているからです。さらに言えば、資本主義社会の中での詩がどんな位置を強いられているのか、詩が商品であることと、社会的であることは同じなのか、他のジャンルの言語とは異なる詩の言語とは何か、あるいは何故、現代詩に戦争責任のような問題が生じたのか、という幾つもの問いを論理に内在させないで、詩人の社会的責任が語られているからだ、と思われます。

しかし、この過剰な、戦闘的な姿勢によってこそ、谷川さんはマスコミの要求に応える詩を書き、歌や童謡の世界でもすぐれた仕事をし、ラジオドラマや映画、テレビ、コマーシャルの分野にも進んで大きな仕事をすることができたのでした。先にも少し触れましたが、これが戦後の詩の世界では、かなり長い間、谷川さんを孤立させる理由になりました。以前、わたしとの対談「未知なるものへ」(一九八五年)のなかで、谷川さんは、現在のマスコミ誌上でタレント扱いされたがっている詩人たちの風潮を見ると、感慨無量なところがあるけど、《でも、当時はマスコミに詩人が詩を書くとは何事かっていう風潮がありましたから、僕は長い間、詩壇から白眼視されていた印象があるのね。それで、僕なんかの詩を論じてくれる人もほとんどいなかった。》と述べています。

谷川さんの言う〈詩壇〉は、谷川さんの詩を読まずに、彼の詩人としての生き方に反発していたに過ぎません。ここに大事な問題があるのではないでしょうか。それは詩や詩人の社会性の主張に見られる過剰さの根底には、おそらくその正反対の激しくも強度な孤独が潜んでいるということです。いまでも谷川さんは他者と共同で仕事をすることは大好きですが、基本的に人嫌いで、詩人たちのパーティーにもほとんど出ない、と聞いています。谷川さんの内部の《ひとりぼっちの裸の子ども》は、いつまで経っても衰退しません。その孤独が秘めている沈黙の言語は、詩という普遍的なフォルムのなかでしか人に伝わらないことを、この詩人は本能のようにつかんでいるのです。だからマスコミの内部であろうと、外部であろうと、分かりやすくとか、何行で書けとか、こんなテーマでとかさまざまな制約を課されようと、課されまいと、いつも自分の存在をかけて詩を書くという態度において変化はないはずです。ご本人を含めた誰にも、この詩人の孤独を消費することはできません。どこにも伝わらない、自分でもそれが何かが分からない、孤独の底に渦巻いている表現の要求が、この詩人に詩を書かせているように思われます。

（二〇〇四年五月一日）

II

危機のなかの創造

——一九六四年まで

一九六〇年一月に谷川雁が、私のなかにあった「瞬間の王」は死んだといって、詩のフォルムを葬り去り、逆に政治運動者としての内部に詩の論理を獲得して、永続革命者の位相に身を置こうとした時、それは、同時に袋小路に踏み迷った現代詩の危機を、象徴的に体現していたといえる。そして、同時期に谷川俊太郎は、第六詩集『あなたに』を出して、もう一人の谷川が詩のフォルムを殺すことによって示した現代詩の危機を、多産な創造によって示したのであった。戦後詩の行きづまりは、その主導的な二つのグループ、「荒地」と「列島」が、朝鮮戦争後、戦後革命の決定的な敗退の上に現出した大衆社会状況に、その詩的表出力を本質的にかかわらせる方途を見失って、近代の詩の伝統に対して、根底的な批判を喪失していったところに求められると思う。たとえば、それを「列島」についてみるならば、『絵の宿題』の関根弘が、「狼論争」を抵抗詩の方法批判から思想構造の批判にまで、徹底しないうちにうやむやに終らせ、『約束したひと』の心情的イデオロギー主義へ見事に後退していった地点や、『抵抗詩論』を書いた安東次男が、みずからの政治詩の頽廃を切開することによって、現代詩の袋小路から脱出する方途を明らかにするのではなく、そうした方向をなし崩し的に回避したところで生み出した、『CALENDRIER』の内閉的な円環論理のうちに去っていった地点によくあらわれていると思う。「荒地」についても、田村隆一が『四千の日と夜』の詩の破壊力から、『言葉のない世界』のレトリックの豊饒による詩の論理の貧困へいかに進んだかをみることにより、それを証することができるし、また、鮎川信夫が、近作「戦友」で示したものは、六〇年代の状況に対応できないでいる風化した戦争体験のパターンではないのか。戦後詩史の上で、消すことのできない光芒を放っている、これらのすぐれた詩人たちは、いったい何故このような袋小路にみずからを閉じこめていくことになったのか。「一九五〇年、木島始、関根弘、出海渓也、木原啓允などと共に『列島』を始める。後、関根弘と論争。この頃ようやくイギリスの三十年代の詩人たちにひかれはじめる。日本に於ける詩によるレジスタンスを確立しようとしてはたすことが出来なかった。政治と詩の分裂と統一に、エネルギーを奪われ続けた」というような美文が、常に問題をなし崩しにしているのだ。これは、野間宏の詩集『歴史の蜘蛛』に付されている年譜解説である。関根弘と野間宏についての論争で何が明らかにされ、また何が不問にされ、日本に於ける詩によるレジスタンスの確立は何故挫折し、その時、野間宏にとって政治と詩の分裂とは何であったのかを、いちどは徹底的に問いつめてみる必要があるだろう。そうした恐らく自己の生と詩の痛覚の底から問いが発せられていれば、このような美文は書かれなかったであろう。また、荒地の詩人たちにとって戦後状況は何であったか。彼らは戦争体験を軸にして、「祖国なき精神」という政治否定のすぐれた位相に立ち、思想のパショネイトな原初の様式としての詩を獲得したのではなかったか。しかし、その後の状況の推移の中で、政治否定は逃避に転位し、すさまじいばかりのレトリックの豊饒のうちに、詩の論理の貧困を逆写しするか、または深い沈黙の沼に落ちていったのである。

ところで、こうした「列島」や「荒地」の詩の衰弱は、昭和十年前後のモダニズム詩とプロレタリア詩の潰走状態のあと、「四季」派が登場してきた状態にアナロジイが求められる。すでに一九五四年に、吉本隆明は戦後詩批評の基軸ともなるべき「日本の現代詩史論をどう書くか」を書いて、また五六年には、「現代詩批評の問題」において、このことを鋭く指摘している。吉本は、昭和十年を前後して、「四季」派が現代詩の主流として登場してきたことの類似を、昭和二十五年（一九五〇年）を前後して登場してきた、いわゆる「第三期の詩人群」に求めている。そして、この詩人群――谷川雁、中村稔、谷川俊太郎、山本太郎、中江俊夫、飯島耕一、大岡信、清岡卓行ら――の特色を彼は、「総体的にみれば内部世界と外部の社会的現実とのかかわりあいが、内的な格闘や葛藤として詩に表現されないという点」に見ている。これだけの多傾向の詩人を一括して規定するというのはかなり無理なことなのだが、しかし、「荒地」や「列島」の詩人以後主流をなすであろう新しい詩人たちが、再建された「日本の戦後資本主義の相対安定性に消極的に対応」するものとみる仮説は、幾つかの留保条件を付すなら、それなりに妥当性をもっているといえる。そしてこの「第三期の詩人」の創造の危機をもっとも先端的に代表しているのは、二人の谷川であろうと思われる。一九六一年に、谷川雁は「私はいま、すくなくとも日本の詩は完全に破滅したと考えている。おそらくこれは不毛とか危機とかいったありふれた形容でどうすることもできない総決算の事態である。一篇の詩もなければ一人の詩人もいないといってよいこの時期に、営々と作品が重ねられ、詩誌が発行される現象を私はなにも嘲笑するものではないが、巨視的にみればやはりその現象全体は一つのデカダンスというべきであろう」（「断言肯定命題」）と書き、相対安定期における詩の風化作用にもっとも鋭敏に反応し、詩表現を拒絶することによって、詩の論理を守ろうとしたと考えることができる。その時、谷川俊太郎は、誇張していえば、安定した状況意識からくるデカダンスを一身にあびて、多産多様な詩的フォルムの探検家の風貌をもって、谷川雁の対極を歩もうとしたのである。

この一見相反するかにみえる死者のようにストイックな沈黙を体現する詩人と、コマーシャリズムからオリムピックまでの資本制社会の経済の論理のなかを、詩的フォルムの悪戦の場と考える詩人が象徴させている問題を、袋小路におちいった戦後詩が現出させた創造の危機として、一つに貫く視座こそが現在もとめられているといえよう。

＊

谷川俊太郎の詩集『落首九十九』には、一九六二年初めから、週刊朝日〈焦点〉欄に、毎号時事的な主題をもって書かれた詩がおさめられている。しかし、この詩集を読んで、ぼくらは必ずしもそこに資本主義的な風俗感覚や、時事的な社会事象に詩の論理を喪失した、詩の形骸をみることにはならない。むしろぼくらは、マスコミが体現している資本の論理が、詩人に無意識的に強いている檻の中の意識に対して、みずからの言語感覚と肉体的な思想に忠実になることによって、詩の論理を拮抗させようとしているこの詩人の不遜な風貌をみるのである。たとえば次のような詩。

六十一億二千万本の手は
いまこの瞬間
それぞれに勝手なことをしている

旗を引き裂く手
無明の闇に合わされる手
あざむくために合図する手
愛する手　殺す手　まひした手
いかなる詩人の想像力をも超えて
六十一億二千万本の手は
いそぎんちゃくの触手のように
餓えて　ふるえて――
それらは決してひとつの輪に
手をつないだりはしない

（「三十億六千万」）

この詩は、国連調査による世界人口三十億六千万の発表に素材を置いているが、この詩でも、谷川は素材の重みよりも、素材を一つの発想源において、詩的論理の構築に重きを置こうとしている。もっといえば、素材なんかどうでもよくなってしまっている詩が多いのだ。それを、エピグラムとか時事詩ということはできない。「仏の深海潜水艇アルキメデス号、金華山沖で第一回潜水」という記事に触発されて書かれた「探検」という詩をみても、「深いところまでもぐろう／うんと深いところまでもぐろう／みんながめくらでいるような深いところで／目を開くのだ／もしかするとそこでこそ／物事の本当の原因が本当の結果と／結びあわされているのが見えるかもしれない〃人間と人間との間の深いみぞに／手探りしながら降りてゆこう／正と不正の間の深い亀裂を／地球のすべての若皺を／探検しよう」というぐあいで、これはもう、アルキメデス号とは関係がない。彼には「人間と人間との深いみぞに」降りてゆくことが問題なのであって、潜水艇が探検するものには関心がないのである。同様に前の「三十億六千万」の詩でも、「いそぎんちゃくの触手のように／餓えて　ふるえて」決してひとつの輪にならない世界の人間存在に対する詩人の静かな絶望を伝えることが、谷川にとって関心があるのであって、人口が三十億であろうと四十億であろうとどうでもいいのだ。これは、マスコミのコマーシャリズムや風俗感覚化から、詩の論理を守っていく上で有効な方法であった。もし、事実の重みと等価のところで、谷川が仕事をしようとすれば、この一冊の詩集でもって、彼の詩人としての生命は、完全に風化をとげていたことだろう。

それにしても、谷川俊太郎はまともに論じられることの少い詩人である。第一級の詩人や思想家はなぜ、現代詩と人間状況の危機をもっとも鋭敏に反映している詩人の一人として、谷川俊太郎の詩を厳密な批評の俎上にのせないのだろうか。そこには恐らく、谷川の頽廃ではなく、現代詩の頽廃が象徴されている筈である。何故なら、谷川には論ずるに価する思想がないのではない。彼には主体的な感覚に根づかないイデオロギーが信じられないだけだからである。そしてこの詩人が自己の言語感覚や肉体的な思想しか信じないことによって、（それ自体は根源的な批判にさらされなければならないにしても）、今日の詩創造を、もっとも旺盛に代表していることは、戦後民主主義詩運動が非主体的なイデオロギー主義によって内部から侵され、今日の状況との本質的な対応を失い、「言語の円熟」とかいう内容空疎な袋小路に逃げこむか、消耗品の詩を書くことに専念している状態に対する客観的な批判になりえているのである。

日本の近代詩の伝統のなかには、実行者や生活者として、社会的現実への反抗や異和の極限を生きることによって、不能なまでに生の現実的基盤（生活）を破壊されながら、「詩の思想」の深みを獲得する可能性を秘めていた詩人の系譜と、生活者として社会的現実のなかを肯定的に強靭に生きることによって、なにがしかのものを詩から失いながらも、詩の普遍的な芸術性を獲得した詩人の系譜を考えることができる。それをたとえば、北村透谷と島崎藤村の対応で考えてみると便利である。

　北村透谷は、敗北した自由民権運動からの離脱の傷痕を、みずからの精神病質の内側へ拡大していかざるを得ないところで、現実的な生活者の能力を喪失していったが、その逆過程においては、疎外された土着意識の根源から、詩の自由の意味をつきつめて把握することができた。しかし、彼は詩の意味（思想性）を、いかに芸術性として止揚するかという課題の前では、中途半端に終わらざるを得なかった。それに対して、島崎藤村は、透谷が彼に伝えた自我の苦闘を、生活者としての強靭な論理のなかで、よわめうすめながら、五七、七五調の定型詩としての新体詩の芸術性を獲得したのである。透谷が持っていた詩の混沌とした可能性は大きかったが、詩にならない思想は、いかに偉大であっても、詩の様式としての普遍性を獲得することができない。藤村は思想家としては、透谷に比べて、二流の人物かも知れないが、「詩の思想」として、普遍的な意味をもち得たものは、透谷とは比較にならない程、大きなものがあった。現在、詩の理論としては、そのどちらにも賭けることができないのであって、この対応しあう二人の詩人がもっている総体としての詩の危機を、止揚しうる方法を模索する以外ないのである。このことは他に幾組かの詩人の対応を考えることによってあとづけることができる。たとえば、高村光太郎と西脇順三郎、萩原朔太郎と三好達治、石川啄木と斎藤茂吉、中原中也と立原道造等々という風にである。そうした幾組かの詩人の中にある亀裂は、ひとりの詩人の詩意識の中にもある亀裂であり、そこに、ぼくらは、日本の詩がもつ危機の中核を見ることができるのである。

さて、谷川俊太郎は、この詩人の系譜で考えれば、当然、藤村型に入ることになる。彼は「生活よこんにちは」という文章のなかで、近代日本の詩人の多くを「放浪型」に位置づけ、それに対して、今日の日本の若い詩人は、新聞記者であったり、銀行員であったり、よき父親であったり、科学者であったりして、少くともうわべは〈放浪型〉とは似ても似つかないが、彼らの中の〈放浪型〉の部分は、抑圧され、かくされているだけで、〈放浪型〉では食えないから、仕方なしに〈建設型〉に適応しているだけだとして、次のように述べる。「そこで私は、自分もそういうことにならぬうちに、男らしくいさぎよくすっぱりと〈放浪型〉はあきらめて、専心〈建設型〉になろうと思う……私は西部の男たちにならって、先ず自分の住む家、良き妻、頑丈な家具、元気な子供、要するに生活というものの建設をしようというのである」。こうして彼は肯定的な生活者のうちに、新しい詩人の像をとらえようとする。従って、彼にとって、詩人は片手間の仕事でなしに職業でなくてはならない。彼は仕事を与えられれば、週刊誌だろうが、婦人雑誌だろうが、進んで詩を書く。戦後革命が退潮したあと、その上に築かれた大衆社会状況が、この詩人に、市民としての安定した意識の座を提供してくれているのだが、詩人は、好んでそこを職場とするのである。しかし、誤解はとり除いておく方がよい。昼は教師であり、あるいはサラリーマンであるといった生活者として過ごし、夜は詩人として反生活者になったとしても、谷川のように詩人以外の職業をもたないとしても、同人雑誌に詩を発表しようが、少女雑誌に詩を発表しようが、それだけで詩や詩人の優劣はつくものではないということ。分業は資本制社会が強いるものであり、その中でぼくらは本質的な自己意識を疎外する以外ないのである。その最後の一点でぼくらがどのくらい感覚と思想において、また、芸術運動論として抵抗感を組織できるかということが重要なのである。「詩は人間の生命の最も根源的なところで、一見非人間的にみえる程の深さにおいて、人々のものにならねばならぬ」（「詩人とコスモス」）という谷川自身のことばを、どのくらい永続的に追求できるかによって、この詩人の評価は定まるといえる。しかし、現在のところ、生活者としてもっている肯定的な論理と十分に拮抗しうるだけの否定的な論理——つまり一見非人間的にみえるほどの深さを彼は詩の思想化することに成功していないので、いかにもスマートで、小さな詩人にみえる。島崎藤村が、透谷から受けついだ自我の苦闘と詩の方法との矛盾を、ヨーロッパの詩想を学び、短歌や漢詩の伝統詩型を媒介にして、文語定型詩として止揚し、相対的にはもっとも普遍的なフォルムを完成した詩人であるとすれば、谷川俊太郎は詩のことばとしての口語のもっとも自在な使い手として、戦後詩の世界にひとつのフォルムを完成しようとしている。しかし、藤村の抒情が、藤村的歪みを残しながらも、透谷がたたかいやぶれた資本制確立期における状況の根源に、それはそれなりに錘りをおろしているとき、谷川俊太郎の詩のことばの軽みは、歴史的にみて、藤村の比ではないといえよう。谷川俊太郎に対応する詩人として、吉本隆明をもってきても、谷川雁をもってきてもいいが、その時、谷川俊太郎のフォルムは、いまだ充分に拮抗できないのである。

＊

谷川俊太郎の全詩業は、新刊の『谷川俊太郎詩集』によって、通観することができる。一般的には、処女詩集『二十億光年の孤独』が高い評価を受けているようだけれども、ぼくが今度、通読してみた感じでは、第三詩集『愛について』までは、ともかくこの詩人は一貫して深化をとげてきており、それ以後の詩では、それまで獲得した言語感覚と技法を駆使して、多様な広がりをみせているように思う。『二十億光年の孤独』はみずみずしい感受性にうらうちされたことばの躍動がおもしろいが、それはやはり、「わたくしの生命は／一冊のノート／価格不定の一冊のノート」（「わたくしは」）という詩句のように、この詩人の未知の可能性を示しているだけで、この詩集だけを完結した詩の世界としてみることは不可能である。それは深みにおいて成り立っているのではなく、驚きによって成り立っている詩集とみてよい。ここで深みというのは、自我が、詩のことばとして深まっていくことであり、一篇の詩がもつ意識（思想）空間の深みのことだ。

それがたとえば、第二詩集『六十二のソネット』になると

ふと旗が空で合図する
私は小さな時間を投げてやる
すると夕暮を毀してしまう

（「26」第三連目）

昨日の朝を私に返せ
失われてしまつた風景のために
私は何をしてやることも出来ない
ただ弔うことのほかに

（「42」第二連目）

地球は火の子供で身重だ
だがおそらく産むことはないらしいので

雲はむしろ死のための綿になりたがる
しかしそれにしては雲は余りに泣きすぎる
（「27」第一連目）

というような詩句をもった世界が開けてくる。この詩集の六十二篇のすべての詩は、ソネットの形式をもっている。それらの詩は新しいのか古いのか。ソネットの形式は古いが、ことばの感覚は新しいという風に言えるかも知れない。しかし、ぼくらはことばの感覚の新しさなどというものは、時間の経過のなかにおいてみれば、実にたわいなく古びたものに変化することを、すでに充分すぎるくらい知っている。本当の新しさというのは、ことばの感覚を組織している「詩の思想」の新しさだ。彼が、古いソネット形式など用いたのは、口語詩に形式的な秩序を与えることによって、自己の感覚の伝達に普遍性をもたらしたいと思ったからであろう。当然、ソネットの形式が、詩の意味としての内容に制約をもたらしている筈だが、別にいえば、うたいたい内容にふさわしい形式を選んでいるともいえるのである。そして、こうした抒情詩が「四季」派の抒情詩の復活のようにも見られるが、それは両者の構造を比較してみると全く別なものであることがわかる。

たとえば、戦前の「四季」派の抒情詩のピークをなす伊東静雄の絶唱「わがひとに与ふる哀歌」と比べてみよう。

太陽は美しく輝き
あるひは　太陽の美しく輝くことを希ひ
手をかたくくみあはせ

しづかに私たちは歩いて行つた
かく誘ふものの何であらうとも
私たちの内《うち》の
誘はるる清らかさを私は信ずる

(「わがひとに与ふる哀歌」冒頭部分)

これをみてもわかるように伊東静雄の抒情は、自然への讃歌を本質的な構造としてもっている。自然は不変不動の対象である。しかし、谷川の抒情にあっては、非論理的な自然への傾斜は厳しく拒絶されているのだ。自然は、詩人の内部意識を通過することによって、変形自在な対象になる。「ふと旗が空で合図する/私は小さな時間を投げてやる/すると夕暮を毀してしまう」のである。そしてまた、「失われてしまつた風景のために」、詩人は弔ってやることの他に何もすることができないのだ。これは、ことばに対して、いやもっといえば、詩の対象一切に対して、恐ろしく論理的な態度であり、見かけ上の「四季」派の抒情詩との類似性は、ソネットというような古い抒情詩の型を使用していることと、その意識のなかに、政治意識やイデオロギーが全く入ってこないところに起因しているにすぎない。しかし、それを思想性がないなどということはできないのだ。それはたとえば先に引用した「27」のソネットの詩句「地球は火の子供で身重だ……」にあらわれているように、谷川がことばの通常の意味を破壊していくとき、そこには詩の内発的な思想の契機がうまれているとみることができる。「詩の思想」が詩の外在的なものでなく、詩のことばの内発的な論理性であるというとき、このようなことばの常識的な意味の破壊は、その根源的意識を、破壊されてしまった「自然」の意識においており、それは、いやおうもなしに、人間社会に対峙すべきこの詩人の地点を示している。彼のどの詩にも宿命のようにまつわりついている孤独の意識の根源はここにあるというべきであろう。
そして、ぼくのもっとも好きな詩集『愛について』は、この詩人が、みずからの感覚が受感するものだけを信じることによって、世界の不幸に直面せざるを得なくなっていることを、知らせてくれる。

鳥は空を名づけない
鳥は空を飛ぶだけだ
鳥は虫を名づけない
鳥は虫を食べるだけだ
鳥は愛を名づけない
鳥はただふたりで生きてゆくだけだ

鳥は歌うことを知つている
そのため鳥は世界に気づかない
不意に銃声がする
小さな鉛のかたまりが鳥を世界からひき離し鳥を人に結びつける
そして人の大きな嘘は鳥の中でつつましい真実になる
人は一瞬鳥を信じる
だがその時にさえ人は空を信じない
そのため人は鳥と空と自らを結ぶ大きな嘘を知らない

人はいつも無知に残されて
やがて死の中で空のために鳥にされる
やつと大きな嘘を知り　やつとその嘘の真実なのに気づく

鳥は生を名づけない
鳥はただ動いているだけだ
鳥は死を名づけない
鳥はただ動かなくなるだけだ

空はただいつまでもひろがつているだけだ

（「鳥」）

この詩まできてみると、もう谷川にとって心情の領域から、無媒介的に抒情に流れる危険性はまったくないとみてよい。この詩の構造は、きわめて強靭な論理性に貫かれている。ことばが論理を生み、論理がイメージを生み、そして、世界の関係性についてのみずみずしい発見が、詩人の心を躍動させ、流れるようなリズムから生み出された詩の空間が、ぼくらの日常性のなかにかくされている不幸を鋭く暗示しているのだ。詩人が「鳥は空を名づけない」といったとき、その意識下では、人の名辞の世界にある大きな嘘が横たわっている。そして「不意に銃声がする」と、人は鳥と関係を結ぶ。だが、人が生きている間は、「鳥と空と自らを結ぶ大きな嘘を知らない」のだ。人が意味づけている生の虚偽は、「やがて死の中で空のために鳥にされる」ことによってしか気づくことがない――というこの詩の論理が追いつめた先のものは、いわば、日常性の中では「死者の目」でしかない、詩人の透視力について語っていることになる。こうした感受性の透視力を通してしか、この詩人は思想を信じない。そして「詩の思想」の深まりとは、そうした内発的な契機を抜きにしては考えられないのだ。しかし、残念なことに『愛について』以後の詩集において、谷川はそうした感受性の透視力を、鋭くもしなければ、深めもしない。それまでに達成した方法を自在に使って、一方ではことばの遊戯に独得の豊かな世界を築き、他方では、純粋詩に近い審美的な詩の世界に向かって言語感覚を広げている。いずれもそれはそれなりに『二十億光年の孤独』のはらんでいた可能性の深まりであり、広がりに違いないが、しかし、それは戦後詩全体が人間状況の危機の総体とのかかわりを失って落ちこんでいる袋小路でもあるのだ。そうした袋小路を突き破る可能性をもっているのは、いわゆる「第三期詩人群」以下の、政治の物神性からも、イデオロギー主義からも解放されている詩人たちであることにまちがいない。谷川俊太郎にとって『落首九十九』の実験は、ある意味では非常に貴重なものだったといえる。そこでみせた社会事象とのかかわりの中でためされる言語の抵抗感を、状況の総体との本質的な対話に、転位させていくことができるとすれば、透谷、藤村以来の日本の詩にまつわる宿命的な亀裂を、止揚していく可能性を、この詩人に期待できるからである。

（「現代詩手帖」一九六五年五月号）

宿命の幻と沈黙の世界
——詩集『21』の転回へ

男　君は誰？
女　誰でもないわ、まだ。
男　ここはどこ？
女　どこでもないわ、まだ。
男　では何をしているんだ、君はここで。
女　何もしていないわ、まだ。

（「部屋」）

谷川俊太郎の「部屋」という戯曲はこんな印象的な対話から始まっている。どこからきて、どこへ行くのかわからない〈男〉と〈女〉がいるほかは、何も生きていず、何も名付けられていず、何も始まっていない不思議な部屋。〈男〉にたずねられて、〈女〉が繰り返す否定形と「まだ」ということばのうちに、この部屋が蔵している何かの始まりとしての無と無からの始まりが暗示されている。この部屋は、まだ夢みられているだけで書かれていない詩の空間、まだ想像されているだけで始められていない生活や愛の空間というようなメタフィジカルな虚構の世界としての意味を作者によって付与されている。夢の実在を信じている〈女〉にとって、この部屋は完結した世界である。彼女にとって、この部屋に何もなく何も始まっていないことは、そこにすべてがあり、何ごとをも始めることができるということだ。窓がなければ、窓を空想すればよい、四角い窓、眼や唇の形をした窓、心臓の形をした窓、かげろうみたいに空中にとびまわっている窓……そうすれば、この窓は実在する。しかし、眼に見えるものの世界しか信じない〈男〉には、この夢みない限りは何ものも実在しない部屋は、耐えがたい空虚、吐き気を催させる無に過ぎない。だから、〈男〉にとっては、このものの手触りのない空っぽの部屋からの脱出がすべてになる。ところが、そんな〈男〉が眠っている間に見てしまった夢から、この部屋にりんごの樹が生えてくる。虚構の世界ですべての夢の実在が可能なのだ。しかし、虚構の部屋にいて、なお、夢の実在を信ずることができない〈男〉は、その夢の樹も現実界への脱出口としてしか見えず、床をはがし、樹を倒して枯らしてしまう。谷川俊太郎の、詩劇のためのスケッチと副題された、この「部屋」という戯曲は、そんな〈男〉と〈女〉の心理的な悲喜劇を描いているわけだが、わたしに興味深いのは、その最後のところで、〈男〉が危うく夢の実在を信じはじめた時、突然、プロデューサーを介入させて、それ自体がまた表現された虚構の世界であることを暴露する構成をとっていることである。虚構の世界、夢みられた世界の自立性を信じないかぎりは、一行の詩句も始まらないというべきだが、谷川俊太郎は、それを信じると同じだけの力でそれを疑っているかのようである。

劇団《四季》によって上演された「お芝居はおしまい」という戯曲も、殆んどこれと重なる問題を扱っている。重なるというよりも、この「部屋」が終っているところから始まっているといえよう。架空の部屋は、ここでは〈舞台〉に実体化され、抽象的な〈男〉と〈女〉は、夫と妻を演じる俳優や女優として設定しなおされる。そして、夫を演じる俳優は、芝居の中途で、台本や演出に規定された芝居から次々に逸脱を始め、芝居をしながら芝居の約束をこわしていってしまう。〈夫〉は「ドラマを、本当のドラマを。」と叫ぶ。ここでは虚構のレアリティーと現実のレアリティーの相剋がはっきりと主題になるが、劇の進行する過程では、現実のレアリティーが虚構のレアリティーを圧倒していくことになる。しかし、それ自身が虚構として戯曲化され、演じられているのだから、谷川俊太郎は、この劇で虚構のレアリティーに対する不信を突きつけているのだと単純に言ってしまうわけにはいかない。谷川が問題にしているのは、おそらくそういうことではなくて、虚構から現実にまたがる全領域において、〈本当のドラマ〉をどうしてつくりだせるか、言いかえれば、わたしたちが〈生きる〉ということ、〈始める〉ということは、どういうことなのかというきわめて単純ではあるが容易ならぬ問題について問うているのだと考えることができる。そして、その直截的な問い、願望を終始失わないところに、谷川俊太郎の詩のプリミティブな美しさと生命力がある。谷川は、その虚構への意志を美学のうちに閉じないために、たえず、夢のレアリティーから現実のレアリティーを疑い、現実のレアリティーから夢のレアリティーを疑う。そうして、虚構を現実の世界の側に、現実の生を虚構の側に開いたものにしようとする。その虚構の意志と現実への意志の葛藤は、「部屋」の〈男〉と〈女〉の葛藤でもあるが、それはまた考えてみれば、谷川俊太郎自身の内部の詩人と生活者の相剋でもある。そして、それを単純に一元化しないで、その矛盾葛藤を詩の豊饒と化しているところにこの詩人の立場があると考えることができる。

谷川俊太郎は、こうしていつも二つの対極となるものを共存させている。その両極とは単なる精神の志向性としてあるのではない。詩人の方法的態度そのものである。先の夢のレアリティーと現実のレアリティーを別にしても、肉声そのものが詩となるというような自然性と高度な方法意識、歌いたい欲望と歌を拒絶した言語実験への突出の意志、アドリブにみられるオートマチズムへの志向性と定型律やソネット様式への志向性、向日的な世界へのあこがれと背日的な世界への吸引等々、その両極志向をいくらでも数えあげることができるが、彼の詩の常に変らぬ生命力、増殖力とは、この両極志向からもたらされる存在の渦動のうえにあるように思われる。むろん、谷川俊太郎は、時として、その明快なアジテーションのなかで、あまりに単純に問題を整理しすぎている。

あらゆる人間は、常に何ものかを通して、生き続けてゆこうとしているのである。詩人もその例外ではない。彼は詩を通して生き続けてゆこうとしているのであって、決して詩そのものを求めて生きているのではない。我々は詩を書くために生きているのではない。生きてゆくために、あるいは、生きているから、詩を書くのである。私は詩には惚れていないが、世界には惚れている。私が言葉をつかまえることの出来るのは、私が言葉を追う故ではない。私が世界を追う故である。私は何故世界を追うのか、何故なら私は生きている。（「世界へ！」）

詩を自己目的化して、小さな世界へ自足していくことの否定――という、ここで詩人の言わんとしているところは誤解しようがない。しかし、わたしがつまずかざるを得ないのは、詩を書くために生きているのではないという論理が、そのまま、生きてゆくために、あるいは生きているから、詩を書くのだと、まるで抵抗もなく短絡させられているからである。その少し前の文章では、一人は旋盤をまわし、一人は畠を耕す。一人は洗濯し、一人は詩を書く、そうして我々は互いに生かしあっているという記述があるが、わたしたちは、おそらくそのように生かしあってはいないのだ。一人は旋盤をまわす、しかし、旋盤をまわすことで彼は生かされようもなく、その生かされようもない生のなかで、彼は詩とも無縁である。一人の旋盤工を生かさず、一人の農夫を生かさず、一人の主婦を生かさず、つまり、互いに必ずしも生かしあっていないところで、わたしたちは詩を始めざるを得ない。その時、詩とは何か、詩を書くために生きているのではないが、詩を書かなければ生きられない詩人とは何か、というように問題はあるのではなかろうか。しかし、詩人が、このようにして〈世界〉ということばを女に似た肉感的なことばとして成り立たせ、そこから、その輝やかしく戦闘的なアジテーションを高揚させていくにもかかわらず、いわばそれと逆比例して、そこに不安の波がどっと押し寄せてくるのをみることができる。

現代では、生活と生との間の、こういうジレムマが多かれ少かれ殆どすべての人間を悩ましているのではあるまいか。毎日毎日同じ退屈で非人間的な勤め、長年連れそった古女房との夜毎のみみっちい愛、それは殆ど生ではない。我々は生き続けようとして生活し、正にその生活によって、生を失いつつあるのだ。……（中略）……／詩人はその時どういう責任を負うことが出来るだろうか。詩人もまた他の人々と同じく、この生と生活との不一致に悩まされているのである。彼は決して局外者であることは許されない。むしろ詩人にとって最も必要なことは、進んでそのジレムマの中に身を置くことだと私は考える。

（「世界へ！」）

同じ文章の中にありながら、前の部分とこの部分とは明きらかに背きあっている。〈生と生活との不一致〉というときの生とは、ほとんど詩を指しており、夢みられた世界を指している。つまり、夢みられた世界と奪われた生活とのジレムマに身を置くことが詩人だということになろう。繰り返していえば、こうした肯定と否定のジグザグの旋回、渦動こそが、文章の論理的矛盾を越えて、谷川俊太郎が立ち続けている地点なのである。その渦動を別のことばでいうとすれば、生と言葉との〈危険な〉関係ということになる。むろん、それは谷川自身のことばである。

詩において、私が本当に問題にしているのは、必ずしも詩ではないのだという一見奇妙な確信を、私はずっと持ち続けてきた。私にとって本当に問題なのは、生と言葉との関係なのだ、……（中略）……詩人にとって、詩という一語は、彼の決勝点であり、彼の理想であり、時には彼の神でさえある。だが、それは同時に、彼のための麻薬であり、悪魔であり、時に彼の死となりさえするということを忘れてはならないと思う。

（「私にとって必要な逸脱」）

誰でも詩を書く出発においては、生と言葉の関係から始めるいがいない。しかし、それ以上に詩を書き続けていくことの困難さは、詩人をいつまでも生と言葉の関係にとどめておかない。戦後に輩出した多くの詩人たちにとっても、詩の持続とは、生との対応を失ったことばが美学の完結性の側に自転していく道か、あるいは、ことばとの危険な関係を断ち切って、日常の生活を枯淡に歌う境地へ進む道かの、いずれかである場合が多い。しかし、谷川俊太郎におけるいちじるしい特色は、生と言葉との関係が出発点であるばかりでなく、詩の持続のうちにますます危機の度合を深めた関係となってきているところにあるといえるだろう。わたしたちは、そのことをもうすでにあまりにわたしたちに親しい世界である『二十億光年の孤独』や『六十二のソネット』から順次に詩集『21』、『旅』と読みついでいくなら、そこに明きらかにみることができるだろう。そしてわたしはここでは谷川俊太郎のより現在について、そのことの意味を明きらかにしたいと思う。

＊

「公園又は宿命の幻」という作品は、一九六六年九月発行の《櫂》14号に発表されている。この作品は詩集『21』や『落首九十九』から、詩集『旅』やそれと並んで書きつがれている散文詩へと展開していく、そのちょうど過渡にあるように思われる。時期的にもそうだが、作品の内容としてもそれが言えるのである。この作品は、はじめは公園の精密な描写から始まっている。

古い神社があり、その屋根は保存のためにもうひとつの大屋根で覆われていた。古い忠魂碑があり、その奥に新しい平和之碑があった。（この小さな町は四百余人の戦死者を出していた）おそらくは祭りの日のための土俵がありその輪郭は踏み荒されて…………

（「公園又は宿命の幻」冒頭部分）

このように、詩人の視線は忠実に時間の流れに沿って公園の風景を写しとってゆく。ところが突然、視線が狂い出す。狂い出すというよりも、肉眼の内部に潜んでいたもう一つの眼——生の不安や恐怖の眼がせりだしてきて、写しとられていた外部の風景はいつのまにか内部の風景に変質するのである。

………腰掛があり、すり減った石の階段があり、黒い自動車がありその中で妻が居眠りしていた。私の二人の幼い子供は川岸で川に小石を投げていた。川岸には空瓶や腐った菜が捨ててあった。一人の狂女が跣足で何か呟きながら歩いて来て、大きな石を拾い上げ二人の子供の頭を滅多打ちにした。血が流れ、子供等は既に死んでいる――のを私は見た。

（「公園又は宿命の幻」部分）

この恐ろしいイメージは幻覚だろうか。むろん、実際の経験というようなものが、この詩の契機をなしているとすれば、その経験の内部ではそれは幻覚であるといえよう。先にも、詩人の視線は忠実に時間の流れに沿っていると書いたが、しかし、もし、経験のなかで見られた風景であるとすれば、それが書く行為の次元に移行する間にまったく次元の違う空間と時間がまねきよせられているはずである。ということは、それはある日の公園の詩人の経験の再現ではなく、詩人の経験のうちに蔵せられた公園の風景は書くことのうちに細部まで新たに現出され、創り出されたのである。そしてその創り出された風景のなかでは、跣足の狂女→大きな石→子供の頭の滅多打ち→血→死は肉眼でとらえられた幻覚ではなく、内部の眼においては確実に実在として見えたのである。書く行為が、それを一瞬の間に消えていく幻覚としてでなく、実在としてまで詩人を追いつめていくところに、先の生と言葉との〈危険な〉関係というものがあるのだ。ただ谷川は、その決して実在しないものを、実在の領域にひきこんで、そこから増殖していく自立的なイメージの運動に、それ以上に賭けるというようなことをしない。むしろ、その危険な関係を「宿命の幻」として見ようとするかのようである。すなわち、先の恐怖のイメージは突然切断されて、次のような独白が書きとめられる。

私に見える　ものの内部に私に見えぬものが　　ある。あるものの　　内部にない　もの
　があるゝないものの内部　　に　ある　もの　が　　ある。あり得たものとあり得ぬもの
が重りあっている　　その　　豊饒への　怖しい期待こそが　世界の構造ではなかったか。

（「公園又は宿命の幻」部分）

このおのずからなる流露をぶつぶつと切られた独白のなかで、実在のなかの非在と非在のなかの実在という、有と無が錯綜して重なりあっているこの世界の豊饒への怖しい期待が語られているのである。そして、それこそが、内部の眼によって写しだされた恐怖の風景への方法的な開示となるものである。つまり、この作品は、作品の内部の時間を中断して、それ自身の方法を開示するという特異な冒険をおかしているわけである。しかし、詩人は、それに続けて、そこで生みだされた非在の内部の実在、すなわち「宿命の幻」がそれ自身でどこまでも増殖していくことを許さない。「壊れた祠があった。低い針金の柵があった。地面にこぼれた菓子があった。妻は自動車の中で目を覚まし、叫んだ。子供等は川の水で手を濡らしたまま笑いながら駈けて来た。」というようなイメージで作品は結ばれることによって、「宿命の幻」のなかに流れこんだ時間は、また、あの日常の陽光のふりそそぐ経験のなかの時間に逆流することになったのである。この作品に内在した生と言葉の危機に満ちた関係は、おそらくは、彼の生活者としてのあまりに健康な平衡感覚によって救われたというべきだろう。わたしはそれを小さな不満として述べるわけだが、しかし、その渦動はこの詩人に常にたもたれるために、また、新しい詩のなかで危機ははらまれるのである。

すでに、こうした〈視線〉そのものを、書く行為のうちに創出された視線となして、見えない細部を現出する方法は、詩集『21』の「ゆるやかな視線」にみることができる。「ゆるやかな視線」というのは、「い」「ろ」「は」「に」「ほ」「へ」「と」という記号を題名としてつけられた幾つかの作品の総称であるが、どの作品も「ひとりの女を見る」の一行から始められ、二行目にその見る対象が「祖母」「恋人だった女」「妻」「娘」「母」というようにして示されている。

ひとりの女を見る
それは私の娘

疑問符の形したへそを見る
耳たぶの柔毛にとらえられた無益な光を見る

白い寛衣のひだのあいだ
行きつくことのできない夜あけ

その上に滲み出してくる血を見る
拒まれた回癒を

月面の深い埃の層と

乾あがつた湖
空に差し出される広い額
投げられた小石のような愛
見ることを許されぬものを見る
屈託している優しい顔だちに

（「ほ」）

この詩の尽きない興味は、詩人のゆるやかな視線が、たしかにひとりの女である「私の娘」に注がれながら、それが二行ごとに切断されて、次のセクションへの移り方が、平面において成されないで、ある空間的な飛躍をともなっていることのうちにある。そのわたしたちには、行わけされて詩行が切断されるたびに、そこに飛躍があるように見えるところに、自然性としての視線が、不可視なものへの突入としての創出された視線へ累乗されていくさまがあるのである。たとえば「疑問符の形したへそ」「耳たぶの柔毛」のあたりでは、いかにも温かな優しい視線でとらえられた娘の外観があるが、それが「滲み出してくる血」「拒まれた回癒」「月面の深い埃の層」「乾あがつた湖」へと転移していくと、ある「宿命の幻」としての世界、すなわちひとりの女である娘の決して眼に見えない内面性が、感覚的なイメージとしてせりあがってくるのである。その語法そのものは饒舌体とは対極にある、いわば沈黙をはらんだ世界であるが、しかし、ことばが「見ることを許されぬ」生の内奥に突き刺さっていて、その生と言葉との緊張をはらんだ関係のなかから、わたしたちは実に豊かなものを感受するのである。むろん、この作品は「ゆるやかな視線」としてまとめられている作品群のなかでも、特に秀作であることに留意しなければならぬが、しかし、ここで谷川が初期の作品と比べて明きらかに異質の方法を生み出してきていること（そのことについてはまたあとに述べる）に正当に注目する必要があるだろう。

　ところで、こうした視線の創出としての詩の系譜は、現在の谷川においてはいっそう方法意識化され、戦後の詩における独自な領域を切り開いているように思う。それをわたしたちは、たとえば六八年に発表された作品である「風景画は額縁から流出するだろうか」「コップに見る苦痛と快楽について」「透明体の微少な変化」「すべってゆく視線の思い出」などに見ることができる。「すべってゆく視線の思い出」は次のように書き始められている。

　壺の丸い表面に沿って視線はすべり落ちてゆき、その下の机の脚に沿ってそれはなおもすべってゆく。机から床に落ち、床から再び壁に戻ってくる。あらゆる物の表面に、殆ど目に見えぬほどこまかな繊毛が生えているらしい。機械的にそれら現世の事物を愛撫しながら、視線はどこまでもすべってゆき、それを止めるためには目をつむるより他ないのだが、目をつむっても視線は消え去りはしない。

（「すべってゆく視線の思い出」冒頭部分）

　ここでは「視線はすべり落ちてゆき、……」というような表出にみられるように、〈視線〉そのものがはじめから肉眼としての制約を完全に切り離されてもののように対象化される。そして、〈視線〉に〈触覚〉としての力が付与されているのである。「壺の丸い表面に沿って」「その下の机の脚に沿って」「機械的にそれら現世の事物を愛撫しながら」というように、〈視線〉は見るというよりも、もののの世界を殆んど愉悦するように触感してすべってゆき、「夢の中ですら視線は窓硝子をも、若葉をつけた栃の木をも、その向こうの青空をも等距離のもののように、かつ等質のもののようにすべりぬく。」のである。つまり、〈視線〉は事物の世界、夢の中というような境界をとり払って、それらすべてを触感するように仮構されるわけであり、そのようなことを可能にするところに、書く行為がおびき出す〈自由〉への根源的な誘いがあるといえよう。そしてそれは『二十億光年の孤独』からこの詩人の変らぬコスミックな世界との肉感的な交感の、いわば独自な深まりであるともいえる。しかし、わたしはその〈自由〉への誘いを、この詩人が感覚の愉悦のようなものにとどめてしまうことを惜しみたいと思う。この詩の最後の行「宇宙はおそらく極めて上質の天鵞絨製である」のもつ完結性は、この詩人の感覚の愉悦としてことばを創出するすぐれた資質を見せているだけでなく、それが更に非在への自由としての未完結の傷口をおしかくしてしまう限界性となっていると思わざるを得ない。むろん、わたしたちは、ほとんど同じ時期に谷川が、あの「鳥羽」の連作を含んだ『旅』の世界を成り立たせているのをみることになるのだから、彼の全体としての志向のもつ渦動のなかでは、ここにみられる完結性もまた相対化されているのだといわなければならないだろう。

＊

先の「ゆるやかな視線」でも触れたように、詩集『21』の世界は、谷川俊太郎の詩の歩みのなかでも、大きな転回点に立った詩集のように思う。わたしは粗雑な読み方をしていて、今までよく気づかなかったけれども、詩集『21』に至るまでの谷川は、基本的には、彼が『六十二のソネット』について語っている事情があてはまるように思う。すなわち、それは谷川俊太郎の青春の書であり、彼が若いということを特権にして、そこから自然に流露してきた詩の世界である。彼は書いている。

〈六十二のソネット〉全体は、大ざっぱにいえば、ひとつの生命的なほめうたである。私の肉体は、一生のうちの最も輝やかしい時期にあり、私の感受性は世界のすべてに向かって最も官能的に開かれていた。私は自らが死すべきものであることを感じつつ、正にそれ故に、今のこの生の喜びと悲しみの瞬間において、自分が不死であることを信じていた。

（「自作を語る」）

わたしたちが『六十二のソネット』から受ける印象も、詩人がここで書いているものからへだてられたものではない。それ以後も彼は『愛について』や『あなたに』等の詩集を出しているが、それらは『六十二のソネット』の延長線上、その深まりという風には見えるが、新しい転回は感じさせない。しかし、詩集『21』の印象は、ある転回を感じさせる。すなわち、谷川俊太郎はここできわめて方法的な詩人、わたしの好きなことばではないが通りのいい表現をすると、前衛的な詩人の相貌をもって登場する。その転回の底には、若さだけではもはや詩を書かせなくした――むろん始めから若さだけで書くなどということはない、こういう言い方に比喩以上の意味はない――という事情があるのかも知れない。詩集『21』の発行は一九六一年、詩人三十一才である。それはともかく、そこには恐らく書くことの持続が谷川に突き当らせた困難な壁があり、それを彼は最良の方法で越えでたように思う。詩集『21』がきわめて方法的な、あるいは実験的な詩集である理由はそこにあるだろう。それは三つの作品群に分かれている。そのひとつは先の「ゆるやかな視線」にみられる〈視線〉そのものの創出の試みであり、二つめは、「今日のアドリブ」としてまとめられている、ことばやイメージの連想作用をもとにおいたオートマチズム（広義の）への志向であり、三つめは「詩人たちの村」としてまとめられているが、その多くは詩を詩論として書く、あるいは詩がことば論と化している散文詩の試みである。それらはたとえば「ゆるやかな視線」→沈黙・イメージ（視覚性）、「今日のアドリブ」→饒舌・無意識性（非論理性）、「詩人たちの村」→語り・論理性、というように現象的にはまったく相反する多様な方法的な実験が試みられており、そこにも彼が対極となるものの渦動のうちにあることを見ることになるが、それはともかく、ここで戦後の詩は実に豊かな方法的広がりを与えられているというべきである。そのような自在な方法への探索を谷川俊太郎に許したものは、生と言葉との関係を彼が手放さないということにもあることはいうまでもないが、いまひとつ根本的なことは、彼が詩に対する先験的な観念、イデオロギーから解放されていて、いわば感覚の次元でしかことばの思想を信じないという頑固な態度を持しているからであろう。だから、良い意味で詩に対する義務観念に犯されることなく、伸びやかに詩を生きのびさせる方法を模索しえたのである。

たとえば、「今日のアドリブ」のパートの中の「ひげ」という作品。

ひげが生える
ひげが生える男のあごに男の唇のまわりにひげが生える夜明けと共にひげが生える見知らぬ植物の芽のようにひげが生える女の柔い頰のためにひげが生えるサルバドルダリと共にひげが生えるいつしようけんめいひげが生える太陽に向つてひげが生える男たち

（「ひげ」冒頭部分）

むろん、これは単なる「ひげ」ということばの連想作用によっているのではない。「ひげ」ということばが、喚起する生活感覚の増殖作用といった方がよい。日常の世界では、「ひげ」ということばは固定した連結作用しかもたないが、ここでは宇宙的ともいうべき、生きとし生けるものすべてと連結してゆき、そこから生まれる解放された笑いの中で、詩人はみずからの自由な生のリズムを高鳴らせるのである。谷川俊太郎の詩の世界について、音楽を語ることはすでに常套の感があるが、わたしにはそれはとらわれのない自由な生のリズムのように受感される。この詩の伸びやかさは、そうしたリズム感に支えられているのではないだろうか。そして、そのリズム感は、即興的なことばの表出とよく対応しているように思う。これに対して、独特な語り口をもった「詩人たちの村」のパートの作品は、どれも緻密な論理を展開させている。ここでは「ポエムアイ」を引く。

私は妻の円い腹部の表面に詩をこすりつけ、妻を甘草の匂いのする詩でみがき立てた。そうしたらどういうわけか、妻は極度にやせてしまつた。だがおかげで彼女は、非常によく推敲された詩の一行と同じ位、美しくなつた。妻は私に向かつて、しきりに何かを訴えていたが、彼女の口はもう私の詰めこんだ藁と水とでいつぱいになつていたので、私には無意味なうめき声しか、聞きとれなかつた。

（「ポエムアイ」）

この作品の語りは実に愉快なウイットが横溢し、健康な生活者としてのこの詩人の感性の位相をみることになるが、ただこの詩のおもしろさを、ウイットや諧謔としてしかみない読み方には組みするわけにはいかない。むろん、ウイットや諧謔が、この作品の語りに自在な生のリズムというようなものをみなぎらせることになるわけだが、わたしが、この作品に何よりも驚くのは、その多義的な喩のふくらみにおいてである。ちなみに、たとえば〈妻〉を〈ことば〉と置き代えれば、それは詩論として読めるし、その方法で〈物語〉〈革命〉〈自然〉というようなことばを置いてみるなら、それぞれに独得な表情を見せて、この詩は展開することになるのである。そして、そのように多義的な喩を矛盾なく成り立たせるところに、この作品の論理的な骨格の強さがある。むろん、わたしたちは、機械的にことばを置き代えて理解しようとするのではなく、〈妻〉は〈妻〉として読むべきであろう。ただそれが多義的な喩によってふくらんだものとして、わたしたちの意識のなかでさまざまに変様する意味を喚起することを許すだけなのである。それに、この詩において喩になっているのは〈妻〉だけではなく〈詩〉をも喩としてみることができる。むろん、作品全体が隠喩の世界であると言うことができよう。それはともかく、〈妻〉に〈詩〉をこすりつけてみがきたてたら、〈妻〉は美しくなったが極度にやせこけてしまった。そこでこんどは逆に自分の眼をポエムアイ（詩の視線、詩の愛）にしたら、〈妻〉はたちまちみにくく肥り始め、次から次へと子を生んだという論理のなかには、やはり、この詩人が一貫して問いつめている生と言葉との危機に満ちた関係が写し出されている。「妻のろうそくのような白い裸体を見ているうちに、突然私は自分の眼の変化に気づいた。私の瞳孔は死者のそれにまで拡大し、私の水晶体は無限遠に焦点を合わせた。一瞬にして私は会得した。すべてを詩の視線で眺めること、ポエムアイ！」そして、その〈視線〉の創出こそが「宿命の幻」を見る詩人の眼なのである。しかし、その「宿命の幻」、いいかえれば夢のレアリティーを疑う現実のレアリティーは谷川俊太郎において崩れようもないから、彼は「ポエムアイ！　愛とやさしさ、こつけいな義務！　こうして私は、世界の謎々あそびに加わることになつてしまつた」（傍点・北川）とこの詩を結ばざるを得ないのである。それをわたしはすでに谷川俊太郎の平衡感覚だと述べている。
ところで、この平衡感覚は、一九六六年から、六八年にかけて、連作として発表されているすぐれた抒情詩の世界である「鳥羽」「旅」「*anonym*」では、存在の危機がつきあげてくるもののなかで、大きくゆらいでいるようにわたしには思える。

口はすねたように噤んだまま
またしても私の犯す言葉の不正
その罰として
終夜聞く潮騒

すべての詩は美辞麗句
そう書いて
なお書き継ぐ

夜半に突然目を覚まし
ひとしきり啜り泣く私の幼い娘
私は正直になりたい

瀕死の兵士すら正直ではない

煙草の火が膝に落ちる
もう夢を見る事もなかろう
こんなに睡いのだが

（「鳥羽7」）

戦後の詩の流れにおいて、これほど痛切な直截性において、抒情詩が書かれたことはないだろう。この連作のなかでは、どの作品においても、ことばは危機に見舞われている詩人の存在の底部を浚うようにして鋭く研がれ、暗い光を反射している。ここでは、夢のレアリティー、いいかえれば、ことばの仮構性が徹底して疑い抜かれている。それをわたしは、ことばからの忌避を強いられていると別のところに書いたが、その忌避を成り立たせているのは、沈黙のレアリティーというようなものである。この作品でも「その罰として／終夜聞く潮騒」「夜半に突然目を覚まし／ひとしきり啜り泣く私の幼い娘」「煙草の火が膝に落ちる」等の詩句がみごとに表象しているものは、沈黙のレアリティーというようなものである。「潮騒」とか幼い娘の啜り泣く声というようなものは、外的な自然であり、あるいは、自分の血のつながった肉身への愛というような意識の自然性をあらわしており、そのいわば自然性のもっている沈黙の深さが言語の世界の仮構性を圧倒するのである。このことは次のような作品ではいっそう顕著である。

海という
この一語にさえいつわりは在る
けれどなおも私は云いつのる

嵐の前の立ち騒ぐ浪にむかって
海よ………
そうして私が絶句した
そのあとのくらがりに　妻よ
お前の陽に灼けた腕を伸ばせ

（「鳥羽6」第一、二連）

つまり、海という一語も、「立ち騒ぐ浪」というような外的な自然のもつ沈黙の深さの前ではそらぞらしい「いつわり」のひびきしかたてない、そしてその外的な自然に向けられた視線はそのまま、妻の「陽に灼けた腕」に注がれようとする。それは妻への愛という意識の自然性への眼差でもある。外側と内側の自然に向けられた沈黙の深さの前で詩人は「絶句」するいがいないのである。むろん、沈黙のレアリティーのこのような優位は、この詩人が書く行為のうちに一貫して主題としている生と言葉の関係が、大きな危機をむかえていることを示している。わたしが平衡感覚がゆらいでいるという理由がそこにある。ところで、ことばとは、そこに幻想としての人間の主体の確立が賭けられているのだから、このようにことばが解体していくとは、人間の主体（自我）の解体を意味するのであろう。そして、いわばそのような解体した人間存在への認識を媒介にして、言語への仮構の新しき意志が成り立つ時、そこにまた人間存在の回復が賭けられた、ことばの自立的レアリティーの成立が予測されるにちがいない。

すでに谷川俊太郎は、この『旅』の世界と接続する形で、先にみた「すべってゆく視線の思い出」

等の、「宿命の幻」の世界を成り立たせている。それに詩集『21』の多様な方法的な試み、さらに、時事詩『落首九十九』の世界をも考え合わせるとき、もし、そこでの豊かな方法への模索が、この『旅』の世界の痛切な存在認識に媒介されて創出されてくるならば、わたしたちは、戦後の詩の概念を越える恐るべき詩の世界を望みみることになるかも知れない。谷川俊太郎は、すぐれた抒情詩人であるが、しかし、すでにみてきたように、すぐれた反抒情的な世界をも構築してきている。そこにまた、この詩人の渦動があるのである。わたしもまた彼の抒情詩を愛するものであるが、それにもまして、生と言葉の関係における詩の渦動深い激化の上にこそわたしの期待をおきたいと思う。

註・わたしは過去において「危機のなかの創造」という、未熟な〈谷川俊太郎論〉を持っているが、そこで詩集『愛について』以後の谷川の詩業を次のように書いている。「それまでに達成した方法を自在に使って、一方ではことばの遊戯に独特の豊かな世界を築き、他方では、純粋詩に近い審美的な詩の世界に向かって言語感覚を広げている。いずれもそれはそれなりに『二十億光年の孤独』のはらんでいた可能性の深まりであり、広がりに違いないが、しかし、それは戦後詩全体が人間状況の危機の総体とのかかわりを失って落ちこんでいる袋小路でもあるのだ。」この小論は、この部分の実質的な訂正として読んでいただければありがたい。その当時、私に詩集『21』の多様な方法的志向の意味がよくつかめなかったことが、この部分をやや性急に書かせることになったのだと思う。『旅』の世界や、最近の谷川の詩を読むなかで、やっとわたしに詩集『21』のもつ意味の大きさが明らかになってきたのである。それをいつかは新しい〈谷川俊太郎論〉を書くことで訂正したいと思っていた。

（『現代詩文庫・谷川俊太郎詩集』「解説」一九六九年）

蓄音器と無学

――「言葉」を読む

谷川俊太郎の『散文』を読んだ。ここでは〈終章〉の「言葉」のパートについてだけ、はなはだ身勝手な感想を書きたいと思う。彼は〈作品〉と〈文章〉とは書く意識の上で判然と分れている、という自分の経験の内部にあるものをふりかえることからはじめている。その場合自分の書いていることは私的なことであって、一般化して述べているのではない、という留保がいつもつけられているので、わたしたちがそれを勝手に一般化の水準で取り上げることは危険であろう。しかし、谷川俊太郎において、私的なこととして内省されることも、それが表現としてわたしたちの前に定着される過程には、おのずから一般化の過程があり、それをわたしが自分の問題として引き寄せることは許されるだろう。しかも、わたしはここでは谷川俊太郎の〈文章〉に即しながらも、それに必ずしもとらわれない位相で書きたいと思っている。

さて、〈作品〉に対するに〈文章〉なる概念をたてるところに、すでに谷川にとって独得な発想がみられるが、ここではそれを括弧つきでわたしも踏襲することにしたい。まず、〈作品〉を書く意識ということでいえば、《作品においては無名であることが許されると感じる私の感じかたの奥には、詩人とは自己を越えた何ものかに声をかす存在であるという、いわば媒介者としての詩人の姿が影を落しているかもしれない……》（「発語の根はどこにあるのか」）という考えが述べられている。また、この媒介者となるためには《その言語を話す民族の経験の総体を自己のうちにとりこみ、なおかつその自己の一端が或る超越者（それは神に限らないと思う。もしかすると人類の未来そのものかもしれない）に向かって予見的に開かれていることが必要》であるともいう。

こういう考え方自体は特別に新しいとも古いとも言えないだろう。つまり、それだけ自然に近い把握というものがあるにちがいない。北村透谷も同じようなことを述べている。

詩人は己れの為に生くるにあらず、己が囲まれるミステリーの為に生れたるなり、その声は己れの声にあらず、己れを囲める小天地の声なり、渠は誘惑にも人に先んじ、迷路にも人に後《おく》る、なし、渠は無言にして常に語り、無為にして常に為せり、渠を囲める小天地は悲《かなしみ》をも悦《よろこび》をも、彼を通じて発露せざることなし、渠は神聖なる蓄音器なり、万物自然の声、渠に蓄へられて、而して渠が為に世に啓示せらる。（「万物の声と自然」）

この《神聖なる蓄音器》などということばは、恐らく当時では新鮮な表現だっただろうが、いまではかえって時代を感じさせて微笑を誘う。とはいえ、そういうことばで透谷は谷川流にいえば、《自己を越えた何ものかに声をかす存在》としての詩人をとらえていたのだと思う。この水準で、詩人を何ものかの媒介者としてとらえるということ自体はむろんわたしにも納得できる。しかし、わたしはその先をもう少し疑ってみたいと思っている。あるいはその先を意地の悪い眼にさらしておきたいと思っている。そのひとつは《神聖なる蓄音器》つまり媒介する場の問題であり、もうひとつは（それと内的に関係づけられているが）その媒介者が何ものに声をかそうとするのかという選択の問題である。媒介する場とは、むろん、いつでも個別的な、自分で意志するより前に対他的に関係づけられた経験の内部にしかない。従って、その個別性は《民族の経験の総体》というようなものの前では、欠損としてあらわれざるをえない。しかし、その個別性が欠損として、負としてしかありえないからこそ、《民族の経験の総体》というような普遍を《自己のうちにとりこむ》ことができるのだと考えられる。だから、その〈私的〉な欠損の場を〈無名〉性というようなことばで呼ぶことに反対ではない。ただ、そこでわたしが固執したいのは、その個別性が強いられた欠損としてある、ということである。それは単にアクセントの問題ではない。そこにわたしは歴史と対他関係に規定づけられた存在↑↓表現の位相を見ようとしているのである。強いられた欠損であるからこそ〈媒介〉自体が自然性としてではなく、苛烈な〈仮構〉としての相貌をもたざるをえないのである。

もうひとつは《民族の経験の総体》なるものが、実体としても、あるいは静止的なものとしてもあるわけではないだろう、ということだ。価値の対立を含まない文化は、それ自体生命力を失った規範と化したものになっていると考えてよい。その意味で、《民族の経験の総体》とは幾つかの価値の対立を、時間性の累積としているような運動意識としてとらえうる。それはむろん、混沌としたカオスであり、書くという行為、作品という場でしか意識化されていかないだろう。しかし、そこで何が《民族の経験の総体》とされるかを表現の過程的構造としてみるならば、それは媒介者自体の選択あるいは投企としてしか存在していないはずである。それは〈媒介〉の場をどのような欠損としてとらえるかとも関係するだろう。それを歴史と現存に規定された強いられた欠損としてとらえないなら、容易に過去の死んだ美的規範によって充足させられてしまう。たとえば《何ものかに声をかす》が、死んだ過去の美的規範の縫いぐるみの中で充足させられてしまう時、どのような価値の対立を失った共同幻想で満たされてしまうかの典型を、わたしたちは戦時下の詩の情況に見ることができるだろう。外的に戦争への荷担と見えるものも内的には詩の敗北にほかならないのであれば、むろん、ここで戦時下をもちださなくとも、現在の詩の情況がきわめてあいまいなかたちではあるが、同じような問題を露呈させてきている、と考えることができる。《神聖なる蓄音器》は、同時代のというのが透谷のもってたく理解されない孤絶の位相で、しかも、ある普遍的な生命に開かれていたというのが透谷のもっている問題でもあった。従って、詩人の声が人類の未来に予見的に開かれているかどうかを判定する鍵を、同時代は持ち合わせていない、と考えた方が、わたしには納得的である。もっとも透谷が〈小天地〉と言っているのは、眼に視えるあれやこれやではなく〈万物自然〉であり、わたしたちの現在ではそれを同時代の死者や無言のうちに仮構してみなければならないだろう。《何ものかに声をかす》ことのこのような暗い屈折は、決して幸福なことではないが、しかし、その不幸から解放される緒をまだわたしたちはまったくつかんでいない。谷川俊太郎は、作品を書く時には、自分の発語の根をほとんど盲目的に信じることができるとして、その発語の根を《その言語を話す民族の経験の総体》《アモルフな自己の根源性》《日本語という言語共同体の中に内在している力》のように言いかえながらあげているが、わたしとしてはそれがどのような動的な、あるいは価値の相剋を含んだ運動域にあるものとして把握されていくのかが問題となる、ということである。むろん、これをとりたてて谷川への批判としていうのではない。彼の媒介者としての詩人という発想の先にあるものをまず視ておきたかったに過ぎないのである。

この〈作品〉を書くことに対比して、谷川俊太郎は〈文章〉を書くときは、自分の発語の根を見失ってしまう、と書いている。その理由に《自分の無学ということ》があげられている。〈無学〉などと言えば、わたしなどは顔が赤らむ思いだ。しかも、わたしは〈無学〉のくせに、〈学問〉と呼ばれるものに疑いをもっている。〈学問〉といっても、現在、わたしが主として接触しうるのは、〈北村透谷〉を窓口にした国文学の世界であり、〈表現論〉を窓口にした言語学の世界であり、しかもその総体からすればわずかな切り口でしかない。わたしはそれらに接するとき、否定のモティーフを先行させているつもりはないのだが、人からみるとよく理解もできんくせに否定しているということになるらしい。ほんとうは、否定のモティーフでしか、その〈学問〉をよく消化できない、否定のモティーフにおいてこそ、その〈学問〉の全貌がよく視えてくるということに過ぎないのだが……。しかし、谷川俊太郎のひかえめで冷静な語りを鏡にしてこういう自分を写してみると、ひどく醜悪で傲慢に見えてくるのはどうしようもない。そのどうしようもなさをかかえこんでいうのだが、わたしの醜悪さは、ちょうど大学闘争の時に、大内兵衛から《小学生程度に無知浅薄で》《サルのそれと同程度》と罵倒された〈無学〉な学生たちの醜悪さと、遠い位相ではあるけれども、同じ根拠〈発語の根〉を持っているために、そこからそう簡単には脱皮できないのである。〈無学〉さ自体は自他ともに肯定できないけれども、〈無学〉なもののもつ疑いや否定のモティーフは自他ともに大切にしたいのだ。

とはいえ、谷川俊太郎の〈無学〉というのは、むろん、単に彼の謙譲さが言わせたことばではない。彼は〈無学〉ということばで、《自分に知識がないことのみを指している》のではなく、《自立の土壌としての学問が欠けている》ことを言っている。こう言えば、当然その〈学問〉とは何かが問われなければならなくなる。彼によれば、〈学問〉とは、《人類という共同体のより正確な表現を目指すものに他ならない》。こういう大摑みな規定がわたしにははなはだむずかしい。ちょっとつかみどころがない。しかし、その前に柳田国男の引用があるので、たとえば柳田民俗学のようなものがここで思い浮かべられているとするなら了解しやすい。それとか折口信夫の古代研究とか、時枝誠記の国語学とかを〈学問〉と呼ぶなら、自分の〈無学〉さを言うこと自体に滑稽がともなうほどである。谷川の言うように、それは《一個の恣意で動かすことのできぬ確固とした客観性をもつ》ものであるといっていいだろう。わたしも彼と同じように、《無学な私の書く文章は単なる恣意的な意見か感想に過ぎず、それらは人を惑わしこそすれ益しはしないだろう》という事態を確認せざるをえない。しかし、これはどうもおかしい。〈おれ〉はもう少し不恰好なはずではなかったか。〈おれ〉が表現とか詩とかいう身のほどをわきまえぬ道に踏み迷ったのは事故みたいなものだが、踏み迷った以上はそこで生き恥をさらす覚悟ではなかったのか、という内心の声を抑えることはできないのである。谷川俊太郎のような〈生まれつき〉の詩人とは氏も素姓も違うということをよくわきまえることが肝腎だ。谷川俊太郎は、〈文章〉を書く時の《自立の土壌としての学問が欠けている》という自己認識から、《常に流動的な、そして特に確固とした論理をもちにくい現代日本語共同体の中で、正確を目指すことはまことに困難だけれど、不正確な発言を十回するくらいなら、より正確な発言を一回するだけのほうが私にとってはまだましに思われる》(「発語の根はどこにあるのか」)という態度を導き出す。わたしの場合はそうはいかない。正確な発言を一回するだけのためにも、不正確な発言を百回する覚悟がなければならないだろう。そして彼の正確な発言一回によって、わたしの不正確な発言百回を照らしだすためにもそのよい愛読者でありたいと思う。いや、そうであれば、彼の一回の発言をわたしの百回で疑うためによい愛読者でいるべきだ。

だいいち、わたしはすでに、彼の〈日本語共同体〉とか〈言語共同体〉とかいう概念を疑っている。〈共同体〉ということばがこういう風な使われ方をすることは正確だろうか。あるいは、《流動的な、そして特に確固とした論理をもちにくい》というのは日本語の特質なのだろうか。どうも疑わしい。たとえば、「大詔渙発」「彼等を撃つ」というような凄まじい詩を書き出していた頃の高村光太郎が日本語について次のような発言をしている。

言葉とは意識の連絡である。語と語のつながりである。つながりの悪い言葉は明確でないし、つながりの微妙でない言葉は美でない。日本語の美しさはてにをはにあると古来言はれてゐるのも此の事を指してゐるものと私は解する。日本語のてにをははどの欧州語よりも此のつながりの意味をはっきりと又単純に示して居り、純粋にその機能を発揮してゐる。日本語には欧州語のやうな格の変化がないので、それの役を此のてにをはが純粋につとめてゐる。この構造は面白い。

（「言葉の美しさ」傍点は高村）

ここから高村はそのてにをはの〈美〉を《言霊のはたらき》というようなところに引きずりこんでいくのだが、しかし格や性や時制の変化を助詞や接尾語や助動詞を粘着させることで表現する膠着語としての日本語の特質を踏まえた発言をしていることはたしかである。逆にいえば、こういうところに日本語の〈非論理性〉という批難はもっていくほかないのだが、しかし、それは同時に論理的だとする見方もあるのであって、わたしたちはその一面だけを切りとってくるわけにはいかない。

そのことを指摘しているのは三浦つとむである。たとえば三浦は《静かではありませんでしたね》とか《そうではなかろうかと思われぬでもないのだが》などという例文をあげて、わたしたちが複雑な感情や判断の構造を〈助動詞〉や〈助詞〉などの辞を次々と粘着的に連結させてきわめて忠実に表現するために、論理が的確明快に示されない、肯定か否定かがよくわからない、というように言われるが、それは日本語の欠陥だろうかという疑問を出している。そういえば谷川俊太郎も《自身の不正確さに失望するあまり、私はしばしば沈黙を択んでしまいがちだが、沈黙ですら私には必要なので、その沈黙を償うために何をすべきかを考えることのほうに、今の私はむしろ魅かれていると言える》というように、次々と〈助詞〉や〈助動詞〉を連結させて〈沈黙〉でもあり〈沈黙〉でもないという複雑な思考の屈折を忠実に（立場をかえればあいまいに）表現している。わたしもこういう表現を非論理的と呼びたくない。むしろ、人間の思考や感情にある非論理的な領域を、論理的に表現しているのではないかと思う。三浦つとむの《けれどもこれらもまた欠陥であると同時に長所でもあって、人間の感情や心の動きは複雑でデリケートなのだからそれらを言語で忠実に示せるならば、的確明快にしか表現できない場合にかくれてしまうところをいわゆる外人的な大げさな表情や身ぶりで補足することは不要になる》（「日本語の〈裸体的〉性格」）という考え方に賛成である。

多くのことばを費したが、わたしの言いたいことは単純なことである。つまり正確とか不正確とかいうことを、固定的にとらえることはできないのではないかということだ。むろん、誰しもはじめから不正確ということがわかっていれば正確を心掛けるだろう。しかし、無学なもののモティーフとははじめから正確不正確を判定しうる領域を越えている。

出発は〈無学〉というところにあった。〈無学〉それ自体は自己肯定できないけれども、しかし、

〈無学〉なものがもつ〈学問〉の世界への疑いや否定のモティーフには根拠があるというのがわたしの立場である。その疑いが不正確でとるにたらぬものであるとしても、疑いが疑いとしてつきつめられないかぎりはその不正確も露呈されず、ひいてはわが〈無学〉も対象化されることがない。ここに竹内芳郎の言語階層化理論と呼ぶべきもの（『言語・その解体と創造』）があり、雑誌掲載時に読んで疑問をもち、先ほど単行本にまとめられたのを機会に、わたしたちの地域の小さな読書会のテキストに取り上げた。わたしたちが最近とりあげたテキストのなかでも、これほど否定的に扱われたものも珍らしい。こういう風に書く以上は、そのうち時間的な余裕を見出して、これに対するわが〈無学〉ぶりを露呈するつもりであるが、ここで何故こんなことを持ちだしたかといえば、谷川俊太郎がこの「言葉」において、ほとんど無抵抗に竹内の階層化理論を借りているからである。《私は文章を書く時の発語の根を、学問の中にもつことができない》と書き、同時に、竹内の哲学に依拠するというのは自己矛盾ではないだろうか。しかし、こういう言い方は〈正確〉ではないかも知れない。なぜなら、谷川俊太郎は、《何ひとつ書く事はない》という一行ではじまる、わたしも好きな連作作品を書いた時の経験の暗部を解く鍵を、竹内の言語哲学の中に見出しているのであり、ここでは終始その自己経験の内省ということが優位におかれて思考が進められているからである。不用意な読者なら、そこで彼が負っているものの所在に気づかなかっただろう。

問題のひとつはこうである。《何ひとつ書く事はない》と作品（詩）の中では書くことができるのに、普通の〈文章〉で書けば、二行目からは論理的な矛盾をおかさずには書けなくなってしまうのはなぜか。

逆に言えば、もし私が「何ひとつ書く事はない」という一行に始まる一文を書くとすると、それはもはや論理言語（私が前に言ったところの文章言語）ではなくなって、文学言語（私が前に言ったところの作品言語）とならざるを得ない。その一行は詩、或いはどう広義に考えても文学の範囲内でのみ成立するので、正確を目指す文章の中にそのような一行をまじえることは、いたずらな混乱をひき起すだけだと言える。

（「『何ひとつ書く事はない』と書けるということ」）

わたしの疑いそのものは微妙なものである。谷川がみずからの詩の一行を内省するモティーフ自体を疑っているわけではない。わたしの疑いは、それが何故〈論理言語〉とか〈文学言語〉という、機能的に言語を実体化していく思考にとらわれなければならないのかということに向けられる。こういう機能主義にとらえられるならば、竹内芳郎のように、その言語の機能を対象領域に応じて日常言語、哲学言語、科学言語、政治言語と無限に細分化し実体化していかなければならなくなるだろう。

しかし、《何ひとつ書く事はない》を表現主体から切り離せば、それは論理言語であり、文学言語であり、哲学言語であり、政治言語であるかも知れない。つまり、文学用語とか科学の熟語というものはあっても、文学言語とか科学言語などというものが実体としてあるわけではない。谷川俊太郎という表現主体が《何ひとつ書く事はない》と書くことができるのは、その表現の主格が文学的（詩的）な仮構として組織されている時だけである。この仮構された主格においては、《わたしは死んだ》とも《人類は死滅した》とも書くことができる。詩や文学における仮構された主格とは、それこそ《その言語を話す民族の経験の総体を自己のうちにとりこん》だための観念的な分裂であり、異貌な主格であるから、当然、現実の谷川俊太郎そのものではない。従って、〈わたし〉という第一人称が、現実の主格と重なるような〈文章〉で、《何ひとつ書く事はない》とか《わたしは死んだ》と書けば、自己矛盾をおかすことになるのであって、そこに論理言語という実体化した階層をもちこむ必要はないのである。

わたしは〈無学〉だが〈学問〉とかいうものにだまされまいと思っている。ほんとうはわたしが〈無学〉を恥じているほどには、谷川俊太郎を〈無学〉だと信じているわけではない。彼は〈無学〉でないから、〈学問〉をわたしよりは信頼しているのである。しかし、言語学のターミノロジーや発想のとり方が違うとか、政治的見解を異にするとか、趣味が違うとか、そんなことはその詩人を受け入れるかどうかということについては部分的問題である。部分的問題でとことんまで争わねばならぬ情況というものもあるが、究極的にその詩人を信頼しうるかどうかは、彼が《何もの》に《声をかす存在である》かの一点であろう。言いかえれば、どのようにして《自己を越えた》存在となっているかということである。そういう点で谷川俊太郎はわたしにとって依然としてアクチュアルな関心を持続しうる詩人である。〈無学〉ということに関連して彼はこういうことも書いている。

　無学と言われる農民には、日々農業に従事するその経験の中に、発語の根があるだろう。彼等は生涯ごくわずかな言葉しか発しないかもしれぬが、その言葉はいかなる狡猾にいろどられていようと、私の言葉よりも重いだろう。

（「発語の根はどこにあるのか」傍点は北川）

いくつかの異和の領域にもかかわらず、「言葉」の文章が説得的なのはこういうトーンが全体を流れているからであろう。農民の発語の根は同時に失語の根でもある。しかし、言葉を自在に発することのできる者は、それが自在であればあるほど、自在でない者よりも軽い存在であるという認識はわたしも失ってはならぬものだ。むろん、ことばで農民の失語の根と格闘しなければならなかった〈生活史〉をかかえこんでいるわたしは、谷川俊太郎のようにすっきりといかない。しかし、ことばを使いはじめてわたしが軽い存在になった、わたしのことばの方が軽いという認識がなければ、わたしは知らず知らずのうちに、ことばや〈知識〉によってことばを失っているものを抑圧したり支配したりする者に荷担していくことになるだろう。とすれば、《文章を書く時私は見失う》という谷川の発語の根は、決して見失われてはならないものだ。〈学問〉は発語の根となるべきものではない。それはわたしたちが肯定的にせよ否定的にせよ発語の媒介にするものであって、その根自体は、無言や沈黙や死を強いられているものの内部におろされなければならぬものではないのか。わたしの〈無学〉が、いや〈無学〉であっても〈学問〉を否定的モティーフで疑うことができるとする根拠もまた、そのモティーフが強いられた沈黙に根ざしていると信じられる時だけであろう。

（「現代詩手帖」一九七三年六月号）

詩集『定義』を読む
――日録風に

夏も終りになってから、すっかり体調をこわした。少し本を読んだり、書きものを続けると、妙に胸がつかえて、あげそうな気分になってくる。あの発作以来のことだ。衰弱している時は、いつも激しやすく、しかも、何をやっても根気が続かない。おのずと少年時代の夏を想い起したりする。

少年の眼に、遠浅で、美しく波静かな三河湾は、矢作川の河口が吐き出す銀砂から押し出されてできた海のような錯覚を与えた。わたしの夏休みは、終日、この海が仕事場でもあり、遊びの場でもあった。海底には、よその地方では何と呼んでいるのか知らないが、イギスというたて一、二センチ、はば二、三ミリぐらいの小さな貝が絨緞を敷きつめたように層を成して繁殖していた。その貝と土のみごとな絨緞を、小さな座布団ほどの大きさに切り取って、ベカと呼んでいた小舟に、それが沈むほどまでに満載し、川をさかのぼって田や畑に陸揚げするのが毎日の仕事だった。それはきわめて良質の肥料になったのである。わたしの家は、田畑が少なかったから、必要量だけ取ると、あとは舟いっぱいいくらかで売ったのだと思う。そこで夏休み中、潮時の良い頃、兄とわたしは毎日、川をくだって海に通いつめた。大きな熊手のような鋤でイギスをとるのは、かなりの重労働だったから、それは頑健な兄にしかできなかった。こどものわたしは、棹をさし、櫓を漕ぎ、舟底にたまったあか（水）を掻い出し、というような手伝いをすればよかった。あとは泳いだり、浅蜊や蛤を取ったり、海老をすくったり、はぜを釣ったりして一日が暮れた。貧しさに強いられての仕事だったわけだけれども、いまから考えてみると、まさに夢のようなという形容がふさわしい夏休みだったのである。

　こんな想い出自体が、わたしのいまの衰弱のしるしだろう。しかし、時に病んだ現在を圧倒するように浮かんでくる少年の日の、このような断面が、わたしをどこかで生きさせてくれていることもたしかである。すべてはもはや回復不能であろう。かつては米の飯にたとえられた矢作川の白い砂は、汚れた泥に変り、海も埋立てが進んで工場が建ちはじめている。海水浴を汚れや匂いを気にしないでするためには、伊良湖岬か、師崎から水中翼船で篠島まで出かけなければならない。それよりも生活そのものの仕組みがすっかり変ってしまった。豊かになったようでもあり、一層貧しくなったようでもある。かつて、離脱した故郷へ帰っても、そこがわたしの生まれたところだとは思えない。どんなに美しくても誰もあの夏まで引き返すことはできないのである。それに、いま、少年時代の夏をもういちどおまえにやる、と言われたらどうだろうか。一週間ぐらいは遊びとしてならもらってもいい。しかし、それが生活として帰ってきたら、わたしは拒むだろう。なお、この病んだ暮らしの方を選ぶにちがいない。谷川俊太郎のある種の作品が、生き生きと働きかけてくるのは、こんな矛盾した心境にある時である。たとえば、詩集『旅』の中から。

貝殻と小石と壜の破片と

そのように硬くそして脆く
私の心も星の波打際にころがっている

（「鳥羽2」第四連）

それにしても、谷川俊太郎の世界は、どんなに病んだ感覚がうたわれていても、あの少年時代のまぶしいほどの健康さ、回復不能の黄金の日を、どこかなつかしいほてりのように残している。それが彼の、抑制されたポピュラリティの秘密なのだろうか。

この夏、刊行された谷川俊太郎訳『マザー・グースのうた』も、そんなどこかなつかしいところのある世界だ。わたしの九歳と五歳になる二人のむすめは、たちまち〈ハンプティ・ダンプティ〉や〈ジャックのたてたいえ〉を暗記して、二人で大声でやりあっている。こどもの暗誦力ははやい。五歳のこどもでもすぐに覚えてしまうのに、わたしなどはいっこうに暗誦できない。ものを書くようになればなるほど、ことばに対して不器用になるばかりである。やはり、身体ばかりでなく、こころも病んでいくのだ。いや、こころこそ快癒しがたい。

（一九七五年八月三〇日・記）

＊

二日ほど前に、〈手帖〉の編集部から、谷川俊太郎の新しい詩集『定義』のゲラ刷りの、そのまたコピーを送ってもらった。刷りはきれいにできているが、それでも読みにくい。読みにくい理由は、このコピーのせいばかりではないかも知れない。だいいち、わたしに体力がなくなっている。それにしても、一冊の詩集（詩集に限らないが）にとって、装幀や造本の意味を無視できない。それらは外装にとどまらず、詩集の内部へ強く誘いこむような雰囲気をもっているからだ。わたしは、自分自身の本の作り方について、たいていは無関心で、ほとんど出版社にまかせきりにしてしまう。しかしいらだちながらこういう風なコピーで読むと、やはり詩集は、しっかりした装幀や造本で読みたい、と思う。とはいえ、いまはぼやいている余裕もない。逆療法ということもあるので、ともかく『定義』を読みながら、わが衰弱にうち克たなければならない。

「なんでもないものの尊厳」という作品がある。この作品の初出は、かつて「現代詩手帖」（一九七三年六月）誌上で読んだが、その時に〈詩集「定義」をめざして〉とそえ書きがつけられていたのを覚えている。詩集の表題として〈定義〉ということばが、いかにも奇異な印象だったのである。わたしなどは、いや、たいてい誰もが、詩を〈定義〉とは反対の概念で考えてきているだろう。その時も、この題が、反語的な意味において表現されているだろう、と言うことはこの作品の内容からも推察できることではあったが……。しかし、こんどまた、この詩集を読んでみて、〈定義〉ということば自体の意味を、もう少し正確に定めておく必要を感じ、手元の『広辞苑』を引いてみた。〈定義〉の定義は次のごとくである。

概念の内容を限定すること。即ち或概念の内包を構成する徴表を挙げ他の概念から区別すること で、論理的定義はその概念の属する最も近い類を挙げ、それが体系中に占める位置を明らかにし、更に種差を挙げてその概念と同位の概念から区別する。例えば、人間の定義を「理性的（種差）動物（類概念）」とする如きである。

なるほど、人間の定義が理性的動物であり、詩人の定義が感情的人間であり、政治家の定義が権力的人間である、というわけか。この定義を正しいとするかどうかは別として、そのように概念の内容を限定し、他の同位の概念から区別することを、わたしたちは一般に定義することだと考えてきている。そして、日常の世界では、こうしたもろもろの定義を暗黙の了解にして、わたしたちの言語生活を成り立たせている。しかし、人間が理性的動物であり、詩人が感情的人間であるというような一般化（限定）からは、多くの概念がはみだすことは当然である。人間は理性的動物であると同時に理性的動物ではない。詩人は感情的人間であると同時に感情的人間ではない。そのように一義的に規定することはできない。ことばを定義する過程が失われたら、そもそも言語生活は成り立たないけれども、その定義が《或概念の内包を構成する徴表》を正しく抽出しているかどうかの検証を失っても、そのものの本質や関係性はおし隠されてしまうだろう。しかし、むろん、谷川俊太郎の『定義』は、何やら正しい定義を求めているわけではない。いかなる定義によっても、定義不能の領域、定義によって視えなくなってしまう領域に、詩の現前を視ようとしている、とでも言ったらよいだろうか。

（一九七五年九月一日・記）

＊

「なんでもないものの尊厳」という作品を読むことから、いわば〈定義〉の定義へ逸脱してしまった。この作品は次のような書き出しをもっている。

なんでもないものが、なんでもなくごろんところがっていて、なんでもないものと、なんでもないものとの間に、なんでもない関係がある。なんでもないものが、何故此の世に出現したのか、それを問おうにも問いかたが分らない。なんでもないものは、いつでもどこにでもさりげなくころがっていて、さしあたり私たちの生存を脅かさないのだが、なんでもないもののなんでもなさ故に、私たちは狼狽しつづけてきた。

（「なんでもないものの尊厳」はじめの部分）

この《なんでもないもの》は、その正体を隠したまま、なお、微細に語りつづけられていくが、それはとつぜん《（以下抹消）》の文字で中絶される。そして、次のように書かれている。《――筆者はなんでもないものを、なんでもなく述べることができない。筆者はなんでもないものを、常に何かであるかのように語ってしまう。その寸法を計り、その用不用を弁じ、その存在を主張し、その質感を表現することは、なんでもないものについての迷妄を増すに過ぎない。》というように。しかし、《なんでもないものが、なんでもなくごろんところがって》いるように存在している領域は、尊厳でもなく、くだらなくもなく、無にひとしい。無とは何もないということではなく、人間によって規定されていないものという意味である。その《なんでもないもの》が、花であれ、石であれ、男であれ、空気であれ、ことばに表現されれば、すでにそれは《概念の内容を限定する》ことになる。限定と言っても、概念の内容を一般化することであるから、これなくして人間の交通はありえない。《筆者はなんでもないものを、常に何かであるかのように語ってしまう》とは、ことばの本質にかかわることであっても、《迷妄を増すに過ぎない》とみることはできない。たとえ、《迷妄を増すに過ぎない》としても、人類はその迷妄によって、これまで世界を所有しつづけてきたのである。わたしが、いや誰でも、かつての夏の日の輝きの中に、再び立ちつくすことができないように、この迷妄を捨てて《なんでもないものの尊厳》にまでわたしたちは回帰することはできない……はずだ。そうであるとしても、世界の所有が、世界を病ませることにほかならなかったのであるから、世界をことばで所有すればするほど、《なんでもないものの尊厳》は意味をもつと言えるかも知れない。

それはそうとして、この《なんでもないものの尊厳》という発想は、わたしに中原中也の《名辞以前の世界》という概念を思い起させた。中也は「芸術論覚え書」の中で、いきなり、《「これが手だ」と、「手」といふ名辞を口にする前に感じてゐる手、その手が深く感じられてゐればよい。》と書きつけている。谷川が「なんでもないものの尊厳」において、区別（比較）や定義することの不可能な領域の豊かさ、あるいは生命感のようなものに眼を向けているとすれば、それは中也の《「手」といふ名辞を口にする前に感じてゐる手》という発想の血脈を引いている、ということになろう。中也は、彼独得のさまざまな例示を引いて、繰り返し同じことを語っているが、もうひとつ引用しておこう。

> 人がもし無限に面白かつたら笑ふ暇はない。面白さが、一と先づ限界に達するので人は笑ふのだ。面白さが限界に達すること遅ければ遅いだけ芸術家は豊富である。笑ふといふ謂はば面白さの名辞に当る現象が早ければ早いだけ人は生活人側に属する。名辞の方が世間に通じよく、気が利いてみえればみえるだけ、芸術家は危期《ママ》に在る。かくてどんな點でも間抜けと見えない芸術家があつたら断じて妙なことだ。
>
> （「芸術論覚え書」）

面白い所では、人はむしろニガムシをつぶしたような表情をする、ニガムシをつぶしている所が芸術世界で、笑うところは生活世界だとも書いている。比喩でしか語らないこういう議論はたわいないと言えばその通りであろう。ただ、詩とか芸術というものは、こういう比喩でしかあたりをつけることができない機微もある。わたしなどは、ともすると大きく構えて論理を進めがちであり、それにはまた必然性もあるのだが、そんな機微に気づかないこともあるので、中也の幾つかのエッセイは反省の源である。

それにしても、中也だったら〈なんでもないものの面白さ〉と言うところを、谷川俊太郎は《なんでもないものの尊厳》と発想する。ここに両者の個性の相違は際立っている、と言えようか。俊太郎の方がはるかに倫理的なのである。そう思って、この『定義』を読むと、これがきわめて倫理的な詩集であることに気づく。しかも、その倫理性は科学者のように冷静なそれである。ニガムシをつぶしたようなところがないのである。

（一九七五年九月二日・記）

＊

倫理性ということについて、またひとしきり考えるところがあった。先の「なんでもないものの尊厳」という作品が載っている「現代詩手帖」は、谷川俊太郎の特集号である。ここにはわたしなどもあとから自己嫌悪におちいった、大変こなれの悪い文章を書いている。しかも、誤植の満艦飾で読みにくい。ここに谷川と鮎川信夫の対談「『書く』ということ」が載っている。この谷川の発言がまたきわめて倫理的だったので印象に残っていた。対談というのは微妙なものだから、活字を引用するのはひかえるが、その中で、谷川の発言として、未来というものをどうにかしようとする気持があるということと、子供をつくったことの責任ということが語られていた。これは谷川俊太郎の、良くも悪しくも健康な良識性を示しており、彼の倫理の核心もそこにあると言えるかも知れない。

ひるがえって、わが身について考えると、この二つの倫理性の核心が崩れてしまっていることに気づく。六〇年と、それ以後、二、三年の政治のドラマの中で、もはや政治的に右であれ、左であれどのような未来がやってきても最悪だろうという確信に達した。その後も、この最悪の未来に抗して、革命の幻想をいろいろと組み直すようなことをしてみたけれども、次第に、わたしの生き方は、少なくとも主観的には、この最悪の未来に手を貸す一切の行為に荷担しまい、というところに基点をすえるようになっていったと思う。そのために、対社会的、政治的な態度はひどく消極的になった、消極的というよりも拒絶的になった。しかし、この消極性は、権力には過激にみえるらしくて、家宅捜索を受けて二年以上も過ぎたのに、なお、豊橋警察署の私服は、定期的に訪問してくれる。わたしの妄想は、どんな未来、どんな社会体制がこようとも、そこに受け入れられることのない思想の質をつくりたい、ということにあるに過ぎない。どんな未来にも場所を占めることのできない思想の質が、はじめて視ることのできない未来を用意する、という不遜な思い上がりは、同時に、現実のわたしの卑小さによって嘲笑されるほかない。こんな小さなエッセイひとつ書くのにも四苦八苦せざるをえないのがわが現実なのである。

それでは、最悪の未来を確信しながら、なぜ、三人ものこどもをつくったのか。それはわたしが無責任だから、というほかない。こどもはこどもなりにおのれの信ずるところに従って最悪の未来に対処するのがいい。親の責任などというものはないのだ。たとえ話で言うわけだが、もし、未来にソビエト国家のような（あるいは強力な反共国家でもよい）体制ができたとして、秘密警察に、おのれの信ずるところに従ったこどもに密告されたとしても、かつて最悪の未来を確信しながらもこどもをつくり、彼らと共に生きてきた日を喜びながら連行されたい、と思う。わたしは暗く不毛であるが、しかし、谷川俊太郎の倫理感に対しては、どんな未来にもいい具合に利用されるのではないか、という危惧がある。しかし、作品は詩人の倫理感よりもはるかに広く豊かであり、その豊かさがなくては、最悪の未来に受け入れられることのない思想の質も表現の質もつくりだせないことはたしかだ。

（一九七五年九月三日・記）

*

中原中也においても、《名辞以前の世界》を表現するためには、名辞によるほかなかった。ただ、彼は名辞によっても、それ以前の世界を深く感じようとする姿勢を最後まで崩さなかった。この中也の逆説は、定義不可能な領域に接近しようとする谷川俊太郎をも規定している。『定義』のなかに、「そのものの名を呼ばぬ事に関する記述」という、そのものずばりの作品がある。それを先に、名前で呼んでみれば、チューインガムのことであろうか。

その上縁は鋸歯状をなしていて、おそらく鋭利な工具によって切断されたものに違いない。その下縁は今、向う側に折れ曲った状態で私の視線の届かぬ所にあるけれど、その形態が上縁同様である事はほぼ確実に想像できる。左右の縁は上下の縁と直角の直線に切断されていて、こう記述した事により私はそのものの形状を、大きさと質感以外の面から明白にしたと言える。

（「そのものの名を呼ばぬ事に関する記述」はじめの部分）

そのものの名前を隠して、概念の外延を記述しなければならぬところまで、ことばは病んでいる、と言わなければならないのかも知れない。しかし、その意味では、概念（実体）と名前の結びつきを疑うところに成り立っている詩のことばは、もともと病んでいると言うべきだろう。いや、もっと正確には、ことばが名前によって死んでいる——その根源にはその死の上にこそ保持されている社会秩序や人間の関係がある——から、詩はその病を引き受けるのだ、と言った方がよい。中也の「芸術論覚え書」も、その名辞の死を、〈固定観念〉としてとらえて、《芸術を衰褪させるものは固定観念である。云つてみれば人が皆芸術家にならなかつたといふことは大概の人は何等かの固定観念を生の当初に持つたからである。固定観念が条件反射的にあるうちはまだよいが無条件反射とまでなるや芸術は涸渇する。》と書いている。

表現されたものが、社会的に通用するようになれば、つまり《無条件反射とまでなるや》、それは固定観念になるのである。こうした涸渇の果てに、現代の詩人の、ことばを主題とせざるをえないところまで追いつめられた、苦しい努力がはじまった、と言えなくはないだろう。そして、谷川俊太郎の『定義』はその尖端に位置する試みである。彼はこの作品のなかに、《そのものの固有の名前を私はもとより熟知している。その名をあえてここに記さぬのは韜晦からではない。それこそが一篇の主題であるからに他ならない》と、断りめいた文句を挿入している。〈そのものの名を呼ばぬ事に関する記述〉自体を主題とすること、それは中原中也にあっては、あくまで予感のようにしてあったものだ。たとえば「言葉なき歌」の〈あれ〉のように。

あれはとほいい処にあるのだけれど
おれは此処で待つてゐなくてはならない

しかし、谷川においては、〈あれ〉自体を主題にすることは明快に方法としてつかまれている。それは名前に達するための記述ではなく、まさしく名前によって隠されているもの、名前によって視えなくなっているものの記述であるから、作者の態度を単に韜晦ということばで呼べないかも知れない。ただ、態度ではなく、この方法自体を韜晦詩法というようなことばで呼んでみてもいいだろう。もっともそれでは、すでに〈固定観念〉におとしめることになるかも知れない。この『定義』という詩集の構成自体が、そのような〈固定観念〉を許さないようにして組まれているのである。

たとえば、一方で先のように《名を呼ばぬ事》に固執しながら、他方では、〈名を呼ぶ事〉に固執する試みが書かれているからである。これは谷川俊太郎の平衡感覚という次元の問題には解消できない、いわば彼の論理的態度、あるいは方法的態度のってい性という角度からみるべきだろう。〈名を呼ぶ事〉に固執しているようにみえるのは「りんごへの固執」という作品である。

紅いということはできない、色ではなくりんごなのだ。丸いということはできない、形ではなくりんごなのだ。酸っぱいということはできない、味ではなくりんごなのだ。高いということはできない、値段ではないりんごだ。きれいということはできない、美ではないりんごなのだ。分類することはできない、植物ではなく、りんごなのだから。

（「りんごへの固執」はじめの部分）

むろん、これはよく読みこんでいけば、固執されているのは、りんごという名辞ではなくりんごそのものだということはわかる。りんごということばが繰り返されることによって、視覚とリズムの両面から、色や形や味や値段や美ですらない、りんごそのものと言ってよい像の所在が喚起されてくるのである。いかにも、みかけは《名を呼ばぬ事》と、〈名を呼ぶ事〉と相反しながら、名辞の背後にあるそのものの豊かさ、語りきることのできない余剰性のようなものに、詩人が魅かれている、という方法の一貫性は保たれているのである。

（一九七五年九月四日・記）

＊

はじめの方で、ゲラ刷りのコピーで『定義』を読むことの不満を書いたが、こうして数日間読み慣れていると、その読みにくさ自体に不思議な親密感が湧いてくるし、あのコピー特有の匂いも気にならなくなってくるから不思議だ。造本の上でいえば、この詩集でもなく、パンフレットでもない、一般には校正という〈用〉が済めば捨てられる運命にある、真に過渡的な形態が、何やら『定義』が取り扱っている世界と似ているような気さえする。それはともかく、コップを素材にした一篇の作品は、この詩集のピークをつくっていると言ってよいだろうか。ともかく、一度読んだら印象に強く残る魅力的な作品ではある。

それは底面はもつけれど頂面をもたない一個の円筒状をしていることが多い。それは直立している凹みである。重力の中心へと閉じている限定された空間である。それは或る一定量の液体を拡散させることなく地球の引力圏内に保持し得る。その内部に空気のみが充満している時、我々はそれを空と呼ぶのだが、その場合でもその輪廓は光によって明瞭に示され、その質量の実存は計器によるまでもなく、冷静な一瞥によって確認し得る。

指ではじく時それは振動しひとつの音源を成す。時に合図として用いられ、稀に音楽の一単位としても用いられるけれど、その響きは用を超えた一種かたくなな自己充足感を有していて、耳を脅かす。それは食卓の上に置かれる。また、人の手につかまれる。しばしば人の手からすべり落ちる。事実それはたやすく故意に破壊することができ、破片と化することによって、凶器となる可能性をかくしている。

（「コップへの不可能な接近」はじめの部分）

このあとで書かれているように、コップというのは、《主として渇きをいやすために使用される一個の道具であり、極限の状況下にあっては互いに合わされくぼめられたふたつの掌以上の機能をもつものでない》にもかかわらず、その形、空間、質量、音響、他への変貌……について、これだけの豊かさを隠している。しかし、ここでことばで接近されているのは果たしてコップだろうか、という疑問は消せない。おそらく、谷川はコップへの接近を仮装しながら、みずからの経験の深化、あるいは広がりへ向かっている。ことばによる対象への接近とは、いつだって内部の拡大にほかならないのだ。人間は〈用〉を目的としてひとつの道具をつくる。それをつくる過程で、しかし、人間はいつも〈用〉以上のものを産み出してしまう。その意味では、『広辞苑』が定義しているように人間は決して一義的に理性的動物ではない。何やら始末におえないところのある非理性的動物でもある。しかし、ものが〈用〉であり、〈用〉以上のものとして人間に所有されるのは、もともと自然がそのように存在しているからであって、人間の知慧はただの媒介として働いているに過ぎぬだろう。ただ、ものがどんなに〈用〉以上のものを潜在させていたとしても、その余剰に無限に接近するためには、人間の内部の拡大、経験の深化を待たなければならない、というだけだ。

これについては、谷川俊太郎がみずからのモティーフを語ったと思われる文章がある。自作解説というのではなく、この〈コップ〉の作品に向かったと同じ態度で、ただそれをエッセイとして書いたと読める文章である。

……そのような日常的な用を離れて見たコップという存在は、その言ってよければ〈詩〉の領域にもたしかにはみ出しているので、そのような視点から見ると一個のコップは、さながら謎のように多義的なものになる。／それは何も詩人の妄想ばかりではない。コップをつくる硝子、硝子をつくる鉱物と熱、その透明度、それをもたらす分子結合、はたまたコップが果たす生活の中でのいろいろな役割、いろいろな文化圏の中でのコップの形の美……論理によろうが、連想によろうが大差はない、人間の頭脳＝心はコップというひとつの核のまわりにたやすく一挙に全世界をむすびつけ、そこから〈詩〉のほうへとあてもなくさまよい始めることもあるのだ。（「手帖1」）

コップのモティーフについて、これ以上のことをつけ加えることもできないし、その必要もないだろう。こうして、人間のつくりだしたもの、すべてが《〈詩〉の領域にもたしかにはみ出している》のだ。しかし、この〈詩〉の領域へのはみ出しとは恐ろしい啓示である。その恐ろしさをわたしたちは、すでに目撃しているはずだ。たとえば、勉強の〈用〉としての机が、バリケードに変り、歩く〈用〉としての敷石が、権力の横暴に対する武器となり、食べる〈用〉としての卵が、法廷で証言を仮装して炸裂する……これはすべて詩の領域へのはみ出しではないか。どんな〈用〉としての物体も、ある場面、ある情況の中で、その〈用〉からはみ出し、病んだ世界の異貌の形相と結びついてしまう。しかし、それがどのような〈用〉を越えた余剰を現すかをきめるのは、人間の経験の創造、その深化にほかなるまい。人間の経験ということのほんとうの恐ろしさを知らない愚かな者たちは、単に〈用〉に過ぎぬ党のために、人間を消耗品のように使い捨てにする。彼らがつくり出す未来とは、〈用〉の奴隷として、コップに飲まれるほかない最悪の未来であろう。

（一九七五年九月五日・記）

＊

わたしがあの発作で苦しんだ数日前に、一労働者という人より電話がかかってきた。この〈労働者〉は、明らかに偽名とわかる名前を告げ、ハニヤユタカセンセイをはじめとするセンセイがたのウチゲバテイシにかんするせいめいぶんにさんどうするはつげんをあなたもちしきじんのせきにんにおいてするように、という実に押しつけがましい要求を執拗に繰り返すものだった。彼は〈ちゅうりつ〉の立場を強調しながら、わたしが求めを拒否して、いろいろ話してみると、明らかにひとつの党派を代表しているのだった。そして、彼は要求が受け入れられないことがわかると、あなたもごみだめのようなちしきじんのひとりですね、とぞっとするような陰鬱な声でおどしにかかるのである。わたしは、その時、すでにかなり体力的に消耗していたが、次のように告げる冷静さはもちあわせていた。

――内ゲバはやめる必要はない。やりたいだけやりなさい。内ゲバで死者が出た初期には、わたしもその不幸を最小限にとどめるよう発言をした。しかし、そのような声にいっさい耳を貸さずあなたたちはすでにおたがいに殺し過ぎた。いまさらやめたいといっても内ゲバで死んだ者たちが許さないだろう。なぜ、本来、論理上の敵でしかないものが、存在上の階級敵となり、おたがいがおたがいを警察権力の犬として呼びあい、それぞれの殲滅を至上目的とするようになったのか。その根源を相互が、あるいは片方でもいいが、みずからの思想性の上にえぐり出すことをしなくて、何らかの戦術的な必要上、一時的に停戦をしたいというのは、あるいは、停戦をせよというのは、本質を隠蔽するインチキである。もはや、これだけの殺人を犯していては革命を語る資格はない。こんなことで死ぬのが馬鹿らしくなったら、そう思った人から党派を離れればよい。どんな形にせよ、党が自滅するのが最上の解決である。とはいえ、党がわたしに関して、どんな責任をもってくれる必要もないのが自明なように、わたしの方も、まったく党派についても、党派闘争についても、責任をもつ必要を認めないので、自滅の仕方について忠告するつもりはない。どうぞ御自由に――。

むろん、こんなに理路整然と述べたわけではない。しどろもどろに電話の相手に嘲笑されながら、言いたいことだけは言っておいたのである。電話を打ち切って、わたしは不愉快になり、いっそう衰弱し、不眠は加速度を加えた。

ところで、いま、このエピソードを想い出したのは、『定義』の中の「不可避な汚物との邂逅」という作品について、考えをめぐらすことがあったからである。この作品は、一種の糞尿譚であり、谷川の手にかかると、〈糞〉でも尊厳さを取りもどす、そのよい例としてここに掲げるのではない。おそらく、彼自身の意図からも逸脱して、この作品がやはりこのわたしたちの情況をよく象徴しているからである。

路上に放置されているその一塊の物の由来は正確に知り得ぬが、それを我々は躊躇する事なく汚物と呼ぶだろう。透明な液を伴った粘度の高い顆粒状の物質が白昼の光線に輝き、それが巧妙に模造された蠟細工でない事は、表面に現れては消える微小だが多数の気孔によっても知れる。その臭気は殆ど有毒と感じさせる程に鋭く、咄嗟に目をそむけ鼻を覆う事はたしかにどんな人間にも許されているし、それを取り除く義務は、公共体によって任命された清掃員にすら絶対的とは言い得ぬだろう。けれどそれを存在せぬ物のように偽り、自己の内部にその等価物が、常に生成している事実を無視する事は、衛生無害どころかむしろ忌むべき偽善に他ならぬのであり、ひいては我々の生きる世界の構造の重要な一環を見失わせるに至るだろう。

（「不可避な汚物との邂逅」はじめの部分）

この汚物は〈糞〉らしくもあり、〈糞〉らしくもない。それは何と多義的にふくらんでいることだろう。わたしは前に、汚物と、いや汚物ではなかった、――その〈党〉と関係がない、と言った。しかし、この世界にあふれている汚物が、《存在せぬ物のように偽り、自己の内部にその等価物が、常に生成している事実を無視する事は、……むしろ忌むべき偽善に他ならぬ》というのはほんとうである。わたしもまた、この作品に誘われるようにして、その汚物との不可避的な邂逅に直面しつづける勇気を失ってはならぬ、と思う。

わたしは数日間かかって、『定義』のほんの一側面に接近しえたに過ぎないが、これによるわたしの衰弱への逆療法は、いささか効目がでてきたようにも思う。『定義』は思わぬ〈用〉を果たしてくれたようだ。

（一九七五年九月六日・記）

（「現代詩手帖」一九七五年臨時増刊号）

醒めた眼

——二つの対照的な詩集

谷川俊太郎の魅力というテーマをもらって、ふと次のような詩句を思い出した。これは最近刊行された『夜中に台所でぼくはきみに話しかけたかった』という詩集に収録されている、同名の作品の中にある二行である。

きみはウツ病で寝てるっていうけど
ぼくはウツ病でまだ起きてる

（「夜中に台所でぼくはきみに話しかけたかった〈8〉」部分）

——そうだ谷川俊太郎とは本質的にそんな感じの詩人である。世界中のこころの病を自分の一身に集めながら、なお、その底で奇妙な健康さに輝いている。たまにはくたばれ！　と野次のひとつもとばしたくなるほど、それはまぶし過ぎることもあるが、しかし、《ぼくはウツ病でまだ起きてる》その姿勢においてこそ、彼はわたしたちのかけがえのない存在となっているのだ。

ここで〈きみ〉とは、具体的に指されている名前であるけれども、ほんとうは〈わたし〉であっても、別の〈あなた〉であっても、ある日の谷川自身であってもいいのである。その谷川のなかに、こころの病が深ければ深いほど《起きてる》もう一人の人間がいる。この《起きてる》人間、醒めている人間が、いつも彼の詩的現実をつくりだしている。

たとえば、同じ題名の作品の次のような場面には、こんな風に彼は登場してくる。すなわち、見知らぬ奴がいきなりヘドを吐きながら、きみに向かって倒れかかってきたらどうするか、というような問いかけをもって……。そして、その醒めている人間は次のように応える。

ぼくは抱きとめるだろうけど
抱きとめた瞬間に抱きとめた自分を
ガクブチに入れて眺めちまうだろうな
他人より先に批評するために

（「夜中に台所でぼくはきみに話しかけたかった〈11〉」部分）

——世間では額縁に飾っておくにちがいない美徳の情景は、ここではいつも〈起きてる〉人間の眼によって、冷ややかに自己批評され、そこにとても苦い感情が生まれる。そして、おそらくこのユーモラスで辛い感情こそが、ウツ病で寝るほかない〈わたし〉たちに共有されていくのである。

朗読のために書かれたという、この長い作品は、即興性と読者（聴衆）の肩の上に手でも置くような親近感のある語り口をもっていて、活字で読むよりも、耳で聞いた方が楽しい詩だろう、と思う。この詩人には、親しいものとの対話を仮装しながら、より広い同時代の人々との感情の共有をめざした、このような伝達性の強い系列の作品がある。この面で彼が多くの読者をもっていることは言うまでもない。しかし、この詩人の魅力を考えるには、こうしたポピュラリティに支えられた面だけでない、もう一つの系列の作品群に目を向けなければならないだろう。そこで、彼は詩のフォルムの解体にさらされながら、わが国の詩がかかえこんでいる困難に、もっとも尖端的な試みをかかわらせている。

この両極の指向は、一九六五年、それまでの主要な作品を集めた事実上の全詩集である『谷川俊太郎詩集』（思潮社）では、ほとんど渾然としていて、必ずしも明快には区別として取り出せない。しかし、その頃から、この詩人の書くものに、どうも先の分離の傾向がはっきりしてきたように思う。これもやはり最近刊行された詩集『定義』に、このもう一つの系列の頂上をなす作品が集められている。ともあれ、その中の「灰についての私見」の一部を次に引いてみよう。

どんなに白い白も、ほんとうの白であったためしはない。一点の翳もない白の中に、目に見えぬ微少な黒がかくれていて、それは常に白の構造そのものである。白は黒を敵視せぬどころか、むしろ白は白ゆえに黒を生み、黒をはぐくむと理解される。存在のその瞬間から白はすでに黒へと生き始めているのだ

（「灰についての私見」はじめの部分）

――この詩集に収められている作品は、この例にみられるように、ほとんど散文体の形式をもっているが、ただ、方法が多様なので引用する作品で別の表情を見せることになる。それでも、多くに共通するモティーフとして、物と名が結びつく知覚や概念のあいまいな領域に、論理的にできるだけ厳

密な照明を与えようとしていることが見いだせるかも知れない。ここでも、白と黒との、区別されながら相互滲透する概念の運動域が、〈灰〉を仮装なるものとみることで実に微細に追求されているのである。世界を観念が所有するための論理学上の定義で、かえって世界が視えなくなってしまっている領域、あるいは、どのような定義によっても接近不可能な領域に、詩のことばでできるかぎり接近してみよう——という、ここにはすでにことばによって孤立を恐れない谷川の詩人としての自負と情熱がかけられているだろう。

時代感情の共有をめざして、あくまでうたうように表出される先の『夜中に台所でぼくはきみに話しかけたかった』と、ことばや書く行為自体を主題にせざるをえないところまで自分を追いつめた、この『定義』の世界は、表面的に見るかぎり、いかにも両極に分裂した指向のようである。しかし、それはどこか共通している。たとえば『定義』が対象の多くを、〈なんでもないもの〉〈鋏〉〈コップ〉〈汚物〉〈リンゴ〉〈私の家への道順〉というような、きわめて日常的な卑近な範囲にとっているところにも、両者の通い合う感情を見ることができるだろう。

むろん、そういうこともこの詩人の資質を考える上では大事であるが、わたしはそれよりも、その共通点を、《ウツ病でまだ起きてる》その醒めた眼でとらえられた世界にみたいと思う。『定義』では醒めた眼は、対他的な広がりに向かうよりも、対自的な深みの次元に向かっているのだ。この詩人は、この醒めた眼によってこそ、まだまだ、完結や成熟というようなものからは遠く、生とことばの危険な関係に魅入られていかざるをえないにちがいない。

（「読売新聞」一九七六年十一月十七日）

怪人百面相の誠実

——谷川俊太郎の詩の世界

建築家

この夏、はじめて谷川俊太郎に会った。

谷川さんの詩には、三十年も前から出会っているが、人物に会うのははじめてだった。詩集に収録する作品を選定するための打ち合わせである。編集の豊嶋さんに、ボクは地理音痴なので、すぐに行けてまごつかない場所にして下さい、と頼んだ。彼女の話によると、谷川さんは、それなら帝国ホテルがよかろうと言って、そのなかのあるレストランを指定したそうだ。

帝国ホテルなら、中野重治の詩にあるから、わたしでも知っている。その詩には《ここは西洋だ／イヌが英語をつかう》と書かれているが、もちろん、昔の話だ。いまは、別に帝国ホテルに行かなくても、日本は〈西洋〉だらけだし、イヌも進歩したので英語をつかわない。わたしは友人に教えてもらった通りに行ったら、迷わず、帝国ホテルに着いた。それでもレストランの前で、うろうろしていると、やあ、と言って谷川さんがホテルの入口から入ってきた。初対面でも、谷川さんは写真で知っているからすぐわかる。彼もそんなところでうろうろしているあやしげな男は、わたし以外にはいない、と判断したのだろう。

谷川俊太郎は詩人である。

詩人というのは、この世のなかでいちばん不思議な顔をしている。いや、ほかの詩人がどういう顔をしているのか、わたしはよく知らない。わたしが知っている少数の詩人と呼ばれている人は、詩人の顔をしていない。彼らはサラリーマンであり、大学教授であり、小説家であり、主婦や独身女性やその他の顔をしている。自己紹介されなければ、詩人であるかどうかわからない。しかし、谷川さんは正真正銘の詩人だから、顔さえ見ればすぐにわかる。そのことは、彼自身がこんな風に書いていることからもたしかだ。

詩人は鏡があると必ずのぞきこみます
自分が詩人であるかどうかたしかめるのです
詩人かどうかは詩を読んでも分からないが
顔を見ればひとめで分かるというのが持論です

（「詩人」前半部分）

なぜ、ひとめで分かるのか。それは詩人には顔がないからだ。いや、顔がなくては鏡にも写真にも映らないから、カメレオンのような顔をしている、と言った方がよいか。しかし、詩人は自分の身体を環境の色に変化させるわけではない。ことばによって、どんな顔にもなりうるのが詩人だ。つまり、詩人とは、たとえばアイウエオの顔をしている。

その時も、話している間、谷川さんの顔はさまざまに変化した。考え深そうな横顔をしたとき、哲学者やマラソンランナーみたいだった。身振りや手振りで熱がこもってきたとき、庭師やコックさんのようだった。アメリカの話をしたときは、ジャズピアニストや舞踏家の顔になった。しかし、大臣や教授や警察署長の顔にはならなかった。ほんとうの詩人は怪人21面相どころか、32面相にも、百面相にもなれるが、しかし、決してならない顔、なりたくない顔もあるのである。もし、大臣の顔になっても、その前に役者の顔になっているのが詩人なのだ。

わたしは詩人の顔の刻々の変化に気を奪われていて、そこでの話題については、ほとんどうわのそらだったが、彼が建築家の顔をして、たった一軒だけ自分の設計した不思議な家について語ったのを覚えている。その話によると、その家には二階があるのに階段がなく、水道があるのに蛇口がなく、カーテンがあるのに窓がない。遠くから見ると、その家はとてもきれいなので、空飛ぶ円盤もやってくるのだ、と言う。それは彼が書いた「建築家」という詩のなかの家にそっくりだった。

スーパーマン

では、詩人は役者のようなものなのか、という疑問がわいてくるだろう。たしかに、役者は扮装して舞台の上で変身する。しかし、詩人はどこにいてもことばで変身する。いや、変幻自在なことばになる、と言った方がよいかも知れない。そして、いま、谷川俊太郎ほど、さまざまに変化し、運動する、ことばの身体になりきっている詩人はいないだろう。その運動することばの広さと深さ、豊かさのすべてを、まとめて語ることはむずかしい。必ず、そこからはみでてしまうものがあり、また、はみでたことばが、こにくらしいほど生きているからだ。どうせむりなら、まずわかりやすく、形の上でおさえてみたらどうか、と思う。

そうすると、まず、わたしたちが最初に出会う詩《うた》のなかに、彼のことばがあるのに気づく。それらは『マザー・グースのうた』（翻訳）や『ことばあそびうた』、『わらべうた』などである。これらはまだ文字を知らないこども、あるいは文字を習いはじめたばかりのこどもでも親しむことのできるうたの世界である。次に受験や進路に悩んだり、友情や裏切りを知る頃、わたしたちは二番目の詩に出会う。いわゆる少年詩の世界であるが、そこにも谷川俊太郎のことばはある。それらは『誰もしらない』や『みみをすます』、『どきん』、『スーパーマンその他大勢』などの詩集や詩画集になっている。

そして、恋を知ったり、結婚したり、会社に入ったり、なにかわけのわからない大きなものとたたかったり、深く傷ついたりする頃、わたしたちが求める詩のなかに、谷川俊太郎のことばは、広い共感の帯をつくっている。このいわゆるポピュラーな現代詩の世界は、『うつむく青年』、『空に小鳥がいなくなった日』、『夜中に台所でぼくはきみに話しかけたかった』、『そのほかに』、『日々の地図』、『手紙』など、多数の詩集にまとめられている。これらよりも、もっと深く詩を知りたい、一篇を何十回と読み、人生の秘密とことばの秘密がとぐろを巻いている現代詩のうっそうとした森、そして現代詩のもっとも新しい試みのなかにも入ってゆきたい、そんな読者の欲求のまえにも谷川俊太郎のことばは十二分に開かれている。それらは『旅』であり、『定義』や『コカコーラ・レッスン』であり、詩人正津勉との往復書簡の形式をもっている『対詩』などの詩集である。

もとより、これらはほぼ一九七〇年から一九八四年までの谷川俊太郎のさまざまな詩的試み、その運動することばをとりあえず、形式の上で、分類してみたに過ぎない。〈わらべうた〉は、わたしたちが出会う最初のうたであると同時に、最後のうたでもある。ことば遊びの要素は、『ことばあそびうた』にあるだけでなく、少年詩の世界にも、ポピュラーな詩の世界にも、実験的な現代詩の世界にもある。また、『誰もしらない』は、ほとんどは作曲された、うたわれる詩が収められているが、そのなかには『わらべうた』に入るのもあるし、ポピュラーな現代詩として読めるものもある。このことは多かれ少なかれ、どの詩集にも言えるのであって、その境界は流動的である。それに読者が詩に近づく仕方は多くの偶然に左右されるから、最初に出会う彼の詩集が『わらべうた』とは限らない。いきなり、現代詩のもっとも新しい試みである『定義』の世界に足を踏み入れ、その途方に暮れる愉悦にひたったとしても、なんの不思議もない。

あたりまえのことだが、読者はどの入口から、谷川俊太郎のことばの世界に入らねばならぬという順序も制約もないはずだ。どの入口から入っても、彼の詩の深い奥行きと広がりに魅了されるはずである。そして、谷川さんにとっての詩の深さと広がりは、人間の生きるということの深さと広がりと同じであり、いや、時にはそれ以上のものである。彼の詩を読む上で、読者がこれはおとなの詩、こどもの詩、だれにもわかる詩、少数の人にしかわからない詩という垣根をもうける必要がまったくないのは、もともと詩人自身がそんな垣根をつくっていないからである。詩人はどこへでも自由に出たり入ったりする。行きっぱなし、ということは絶対ないのだ。これはむろん、変身術というようなものではなく、ことばの自由な運動が、詩人が生きることとの自由とつながっているからだろう。

詩人ならだれもがこんなことができるというわけではない。うたうための詩や、こどものための詩を書きだしたら、もう現代詩の世界へは帰ってこない詩人、少年詩は書くけれども現代詩を知らない詩人、現代詩の世界で実験的な試みをすることが、その他の領域の詩を軽蔑することになっている詩人、いったん小説を書きだしたら現代詩を忘れてしまう元詩人……こうした不自由な詩の世界にあって、いかに谷川俊太郎の自由がめざましいことか。それはほとんどスーパーマンみたいだ。スーパーマンと言っても、あの天ぷらうどんを注文して、みんなにゲラゲラ笑われるような、あのスーパーマンだ。

スーパーマンは駅前の本屋さんで
スーパーマンの漫画を五さつ買いました
自分のことがのっているので嬉しくて
少しだけ空を飛んでみました
それからマクドナルドへ寄って
天ぷらうどんを注文したのですが
みんながげらげら笑うので困ってしまって
笑わない悪漢を探しに出かけます
スーパーマンには実は恋人がいるのです
恋人は紫色の仔豚と同棲しています

（「スーパーマン」）

お医者さま

それにしても、詩人がことばという身体になってしまうことは、それがどんなに自由の魅惑に満ちていても、不幸なことかも知れない。なぜなら、健康とか、幸福とか、慰安というのは、むしろ、ことばを不要にしている場所に訪れるものだからだ。ちょうど空気を意識するとき、空気が汚れているように、こどもを強く思うとき、こどもが病んでいるように、平和を過剰に意識せねばならぬとき、平和が死んでいるように、ことばを意識し、ことばに憑《つ》き、ことばの身体になってしまうということは、ことばが危機にさらされている、あるいはことばに表象される人間が危機にさらされている、と言えなくはない。

いつの時代でも、ことばは使いふるされて、病んだり、不具になったり、死んだりしてゆくが、特に、現代はそのスピードがとても速い。昨日まできらきらしていたことばが、きょうは、もう使いものにならない、ということがよくある。そのとき、詩人はことばの病気を見つけ、それをよみがえらせようとする医者のようなものだろう。しかし、ことばの病気があまりに重く、死に瀕しているとき、それを生き返らそうとする努力は、詩人をほとんどことばの病気にしてしまう。詩人がことばの身体になってしまうということは、そのような病症を示している、とも言える。しかも、ことばの病気には魅力的なところがあるから、いったん、重症になってしまうと、もはや直りたくないのだ。あの「お医者さま」という詩のなかでうたわれているお医者さまのように。

お医者さまは病気をみつけるのが趣味です
というのも近ごろでは何故か
病気になりたがっている人が多いからです
どこも悪くなくてぴんぴんしてるのは
鈍感みたいで恥ずかしいという銀行員に
桃色と黄色と透明な薬をあげます

ひとつも病気がないというのも病気の一種だと
お医者さまは分かりやすく説明してくれます
お医者さま自身ももちろん病気です
なおらないように毎日湿布をしています

（「お医者さま」）

谷川俊太郎は、《なおらないように毎日湿布をしてい》る詩人かもしれない。むろん、そこにはユーモアがあるので病気のようにはまったく見えないが、しかし、彼が毒をもって毒を制する危険に身をさらしていることはたしかだ。その現代詩のもっとも尖端的な試みのなかに詩集『定義』は成立している。

わたしたちは、ものや概念を区別し、その差異を明らかにするために、それをことばで限定しようとする。それが定義だ。日常の世界では、こうした沢山の、しかもあやふやな定義の暗黙の了解を前提にして、言語生活が成り立っている。しかし、ものの変容でその定義が意味を失っていたり、あるいはあまりにそれを当然の前提とするために、かえってもののほんとうの姿から遠ざかっていたり、もともと定義不能の領域がいっぱいあるのに、陳腐な定義によって安心していたりする。つまり、ことばが病んだり、死んでいる状態とは、ことばとものの関係の死、それを支えている人間の関係の死のことであろう。

詩集『定義』には、さまざまな試みがあるので、それをただ一つの理解にひきつけることは危険だが、その主要な試みのなかには、このものとことばとの既成の関係を解体し、最初にものをことばで名づける、あの不安で魅惑に満ちた関係を取りもどそうとする方法があるように思う。もとよりそれは正しい定義とか、理想的な定義というような、ものとことばの新しい規範をめざすことではない。ものをことばで名づける、あるいはついに名づけることができないという、自由で不安に満ちたそのものをめぐることばの過程の記述、それ自体がめざされた、と言ってよい。たとえば、「コップへの不可能な接近」は、次のような作品だ。

それは底面はもつけれど頂面をもたない一個の円筒状をしていることが多い。それは直立している凹みである。重力の中心へと閉じている限定された空間である。それは或る一定量の液体を拡散させることなく地球の引力圏内に保持し得る。その内部に空気のみが充満している時、我々はそれを空と呼ぶのだが、その場合でもその輪廓は光によって明瞭に示され、その質量の実存は計器によるまでもなく、冷静な一瞥によって確認し得る。
指ではじく時それは振動しひとつの音源を成す。時に合図として用いられ、稀に音楽の一単位としても用いられるけれど、その響きは用を超えた一種かたくなな自己充足感を有していて、耳を脅かす。それは食卓の上に置かれる。また、人の手につかまれる。しばしば人の手からすべり落ちる。事実それはたやすく故意に破壊することができ、破片と化することによって、凶器となる可能性をかくしている。

（「コップへの不可能な接近」前半）

コップは、それがつくられた使用目的から言えば、《主として渇きをいやすために使用される一個の道具であ》るに過ぎない。しかし、そうした〈用〉からはなれて、あるがままのコップについて記述しようとすると、形状、空間、質量、音響、そして、思いもよらない可能性への逸脱……といった多面的な意味をあらわしてくる。ことばによるものへの接近は、ものそのものをあらわしているようだけれども、むしろ、そのものについての詩人のことばの経験の深化や広がりを語っている。そして精密な記述になればなるほど、ものとは異質なことばの自立した空間をつくりだしてしまう。この「コップへの不可能な接近」は、そのことをよく語っているように思う。

ことばによる定義には、どんな定義にも必ず、ものへの接近がものからの逸脱となる矛盾がひそんでいるのに、すべての定義はものの正確な理解という片面しかあらわしていない。谷川俊太郎は、その矛盾に満ちたものへの〈不可能な接近〉を、ことばの自由な運動と化すことで、そこに詩の現前を見ようとしたのだと思う。

ピエロ

さきにわたしは、正真正銘の詩人などと書いたが、ほんとうはこんな言い方が好きではない。むしろ、谷川俊太郎の自由なことばの運動を見ていると、なにやら魂の詐欺師とか、ことばのいかさま師とか、怪盗俊太郎とかそんなニック・ネームで呼んでみたくなる。そして、彼もそれを喜ぶにはちがいないが、しかし、そのように言って消えてゆくものは、この詩人がどんなにことばへの自在な態度にもかかわらず、決して失わない誠実とか、真摯とか、あるいは尊厳とかのことばであらわされる倫理性である。彼は詩集『旅』のなかで、ふとこんな感慨を記している。

昨日書いていたのに
今日私はもう詩の書きかたを忘れている

私は手に何の職もない中年の男
欲望だけはまだ残っているが

（「anonym 7」第一連）

このように、自分の素顔を、ときどきちらっとさらすのが、わが怪人百面相の誠実ということである。そして、それは奥さんだけに素顔をさらすピエロに似ている。

ピエロの素顔を見たことのあるのは
ピエロのもとの奥さんだけです
泣き笑いの化粧の下にあったのは
しわだらけのふつうのおじいさんの顔でした

（「ピエロ」前半部分）

もっとも、この詩のピエロの奥さんは、ピエロの貯金を引き出して家出をしてしまう。そのために、ふつうの顔したおじいさんピエロは、月賦でトランペットを買うはめになっている。こうなると、化粧した顔のピエロがピエロなのか、ふつうの顔をしたピエロがピエロなのかわからなくなる。いや、詩人は、人が生きるということ、それ自体がピエロだと言っているような気がする。昨日は詩人、きょうは《何の職もない中年の男》、舞台の上ではピエロ、化粧をとれば《しわだらけのふつうのおじいさん》、そのどちらが仮装で、どちらが素顔か、ということをほんとうは単純にはきめられない。ことばによる怪人百面相によってこそ、その素顔はよく発揮されているとも言えるし、逆に素顔は詩人の仮の姿とも言えるからである。ただ、谷川俊太郎にとって、おそらくはっきりしていることは、仮装・素顔のいずれにおいても、人はピエロを演じねばならぬという痛い自己認識であり、かなしみであろう。先の詩集『定義』のなかにも、「道化師の朝の歌」という作品がある。


それは在るのではないだろうか。何かなのではないだろうか。

誰も表現はしていないが、輪廓は明瞭だと思う。永遠にその位置を保つとは考えられないが、今は光を僅かに反射していると思う。影も落ちていると思う。それは無いはずがなく、何故か何かのようなのだ。

だがもし何かであるなら、たとえ誰にも使用されぬとしても、何でもいいとは思えないと思われる。何か何かであってほしいような気がする。何かでないはずはないのではないだろうか。何かでないとしたら、いったい何でありうるのか。何か以外に何もないではないかではないか。

（「道化師の朝の歌」前半。傍点は原文のまま）


それはだれも表現してはいないがたしかに〈在る〉ものだ。それ自体は少しも曖昧ではなく、たとえば貝、縄、眩暈などと呼んでしまってもさしつかえないものなのだが、そのような名前で呼ぶとなにか別のものになってしまう。そこでその何かをめぐって、ことばは《なのではないだろうか》とか、《明瞭だと思う》とか、《今は……と思う》とか、《のようなのだ》とか、《何かであってほしいような気がする》とか、《ないではないかではないか》という、断定を無限に避ける叙述にならざるをえない。ここでことばは、名づけようもないものを名づけようとして沈黙に近づかざるをえない、そのものを正確にあらわそうとしてあいまいにならざるをえない、そして、その沈黙を表現しようとして饒舌にならざるをえない、という逆説を生きている。

こうしたアイロニカルなことばの運動において、現代あるいは現在というものの不可触性と、表現不可能性に対する全体的な喩は形成されている、と見なすことができる。そして、名づけようと思えばいくらでも名づけられるし、また、名づけたくてしかたがないのに、やはり名づけられないその何か、そこから世界がはじまるところでもあり、終ってしまうところでもあるその何かに、ことばのまなざしを向け、ことばによって接近せざるをえない一種の宿命的な主格が、〈道化師〉として、おそらくは自己認識されているのである。ところで、その容易に名づけられるし、本質的に名づけられない、その何かが、たとえば、わたしたちがほとんど毎日排泄するうんこだったら、人々はどんな態度をとるのだろう。鼻をつまんで眼をそむけるか、砂をかけたり、何かおおいをすることで視えないようにしたり、うんこということばを忘れようとする。なにしろそれはくさいし、きたないし、ことばにするのもはしたないからだ。

しかし、詩集『どきん』に収められている「うんこ」という詩を見ると、わが〈道化師〉は、《ごきぶりの　うんこは　ちいさい／ぞうの　うんこは　おおきい》と、それの大小、形、重さ、色を区別し、草木や虫を育てる生活機能におもいをはせ、親しみをこめて次のようなメッセージを送っている。

どんなうつくしいひとの
うんこも　くさい

どんなえらいひとも

うんこを　する
うんこよ　きょうも
げんきに　でてこい

（「うんこ」第七、八、九連）

これはピエロの演技なのだろうか。むろん、詩人の素顔は、おまんじゅうや花を扱うようには、うんこに直面しえないはずだ。それがありうるように、うんこをうたっているのは、ピエロの演技と言ってよいのだが、しかし、それが可能なのは、詩人がうんこを見ながら、それを越える名づけようのないものまで、まなざしを届かせているからだ。それは、わたしたちが食い生きることと同義に、必ず、汚物を排出する、ということである。王も乞食も、美人も悪党もひとしく、この汚物の生成と排出が絶対的に避けられないのなら、《うんこよ　きょうも／げんきに　でてこい》と、ほがらかに呼びかけて、これと直面していくほかないのである。『定義』にも「不可避な汚物との邂逅」という作品があり、これについて、《その臭気は殆ど有毒と感じさせる程に鋭く、咄嗟に目をそむけ鼻を覆う事はたしかにどんな人間にも許されているし、それを取り除く義務は、公共体によって任命された清掃員にすら絶対的とは言い得ぬだろう。けれどそれを存在せぬ物のように偽り、自己の内部にその等価物が、常に生成している事実を無視する事は、衛生無害どころかむしろ忌むべき偽善に他ならぬのであり、ひいては我々の生きる世界の構造の重要な一環を見失わせるに至るだろう》と書かれている。

ところで、この《我々の生きる世界の構造の重要な一環》となっている汚物・うんことは、ほんとうにあのわたしたちが朝ごとに力んで排出する、あのうんこなのだろうか。それはたしかにあのうんこなのだが、しかし、わたしたちが避けられず生みだしてしまう、その他膨大な物質と観念のさまざまな汚物にも合流してゆくはずである。そして、そのさまざまな汚物との、不可避の邂逅を、非人称のピエロとして、ユーモラスに演じてゆくのが、谷川さんである。『わらべうた』のなかでも、あれはこんな風に虹色の交響をかなでているではないか。題して「おならうた」。

いもくって　ぶ
くりくって　ぼ
すかして　へ
ごめんよ　ば

おふろで　ぽ
こっそり　す
あわてて　ぷ
ふたりで　ぴょ

（「おならうた」）

ひとりぼっちの裸の子ども

谷川俊太郎の二冊の『わらべうた』は何度読んでもおもしろいし、あきない。彼はその〈あとがき〉で、こどもの読者にその意図をわかりやすく説明している。昔から口づたえでつたえられてきた〈わらべうた〉が、時代が変わるにつれて、少し古くさくなってきて、いまのこどもにうたわれなくなってきた。しかし、〈わらべうた〉は頭の中で読む詩と違って、毎日の暮らしの中で、ふっと口をついて出てきて、からかったり、はやしたり、悪口を言ったり、ふざけたり、遊んだりする、そういうことばだ。この新しい〈わらべうた〉は自分が作ったものだが、こどもたちが自由にことばをつくりかえたり、新しくつくって遊んでくれたらいい、と。

これからみてもわかるように、『わらべうた』は、こどもの読者を対象にして、古い〈わらべうた〉を新しく生かすかたちでつくられたうたである。しかし、それを書いている（というよりうたってい る）のは、谷川俊太郎のなかに住んでいる一人のこどもである。それを《ひとりぼっちの裸の子ども》と言った方がよいかも知れない。詩集『空に小鳥がいなくなった日』にこんな作品がある。

ひとりぼっちの裸の子どもが泣いている
孤児院はまっぴらだ
テレビもいらないよ
お金もほしくない
だれかがいっしょに歌ってくれさえすれば

（「ひとりぼっちの裸の子ども」部分）

たしかに、彼のなかのひとりぼっちの裸のこどもが、一緒にうたってくれ、と言ってうたっているのだ。詩人だけでなく、だれもが自分のなかに一人の少年か少女を住まわせている。しかし、おとなになる過程で、その少年や少女は致命的な損傷を受けることになる。だからその子のことをすっかり忘れてしまっている人もいるし、傷ついている自覚もなくその子と一体化して、こどもっぽくなってしまっている人もいる。谷川俊太郎のなかにいるのは、ひとりぼっちの裸の子どもだから、だれのなかにいるこどもよりも傷ついているはずだ。しかし、そのことをまただれよりも自覚しているが故に、彼は全体的にこどもを演出できるのだろう。いや、演出というよりも、その傷ついた裸のこどもと一緒にうたいだす、座敷童子のような視えない複数のこどもたちをつくりだしてしまうのだ。

そして、そのような複数のこどもたちが依拠しているのは、わが国に古くから伝承されてきたことば遊びの幻野である。なぞかけ、早口ことば、尻取り、地口、回文、畳句などがそれである。これらのことば遊びによって、ユーモアや諷刺、笑いなどが生き生きとした表現になったし、日本語の微妙なニュアンスや豊かさ、おもしろさにも気づいたのである。〈わらべうた〉は、むろん、こどものことば遊びの世界であるが、しかし、それはこうした日本の詩歌の母胎となるような、広いことば遊びの伝承に根を置いている。従って、その〈わらべうた〉を新しくしようという試みも、単に〈こどものうた〉という環に閉じてしまわず、現代詩の世界とも通交自由な関係を生みだしているのだ。「あきかんうた」などは、こどもたちにも親しい現代都市の風俗〈あきかん〉に素材を得ているという意味で、新しい〈わらべうた〉と言えるだろう。

かんからかんの
すっからかん
こーらのあきかん　けっとばせ
おひさま　かんかん
とんちんかん

かんからかんの
すっからかん
かんかんならせ　どらむかん
じかん　くうかん
ちんぷんかん

（「あきかんうた」）

このうたの特色は、まずなによりも、〈かん〉という同音異義語の単純な繰り返し、しかも、それが七五調の変型である七六調の定型リズムと組み合わされて、規則的に繰り返されることだろう。そこにうたいやすい（覚えやすい）調子がうまれる。むろん、このリズムのこころよい単調さは、こどものうたとして意図されたものだが、しかし、それは同時になぞかけのような複雑な意味をかくしているので、読む詩としてもおもしろいのである。つまり、ここで〈かん〉は十六回でてくるが、〈あきかん〉の意味で用いられているのは、三行目《こーらのあきかん》ぐらいで、あとは全部別の意味である。おもしろおかしく〈かん〉が繰り返されるたびに、それは意味の上では多義的な、意外な表情をあらわにするので、おとなの読者をもあきさせない。言うまでもなく、こうした手法は、そのまま現代詩の高度な表現にも移行しうる。

この同音異義語の繰り返しが、意味の変化を消去して、意図的にまちがえやすく、不規則に組み合わせられるならば、それは早口ことば（したもじり）になる。『わらべうた』には、早口ことばの試みがあるが、『ことばあそびうた』より、ほとんどしたもじりに近い作品「だって」の第一連を引用しておこう。

ぶったって
けったって
いてのてって
いったって

（「だって」第一連）

こどものうただと思っていると、おとなでもどっきりするようなブラック・ユーモアが感じられる作品が幾篇もある。『わらべうた　続』で言うと、「やきもちやき」や「なんにもいらない　ばあさま」が、その類であろう。

なんにもいらない　ばあさまがいた
いえはいらぬと　ちかどうぐらし
きものもいらぬと　ふゆでもはだか
かねもいらぬと　まんびきばかり
じぶんもいらぬと　あっさりしんで
しぬのもいらぬと　またいきかえる

（「なんにもいらない　ばあさま」）

これはまた、魔女ばあさんのように自由自在な〈ばあさま〉である。八七調のリズムを主調にして、

〈いらぬ〉を繰り返しながら、非在の境へ越えていってしまうところがおもしろい。それにしても、『わらべうた』でいちばん谷川俊太郎的なおもしろさがでているのは、健康な男の子の攻撃的な感性が、きっぱりと表現されている「けんかならこい」や「わるくちうた」であろう。こうしたうたの類型で、彼は現代の〈わらべうた〉のリズムをつくった、と言ってよい。

けんかならこい　はだかでこい
はだかでくるのが　こわいなら
てんぷらなべを　かぶってこい
ちんぽこじゃまなら　にぎってこい
（「けんかならこい」第一連）

ウエイトレス

谷川俊太郎の自由なことばの運動は、彼自身の生きている実感とか、生活経験を無視するところに成り立っているようにみえるかも知れない。しかし、彼がむかし書いたエッセイのなかの《詩において、私が本当に問題にしているのは、必ずしも詩ではないのだという一見奇妙な確信を、私はずっと持ち続けてきた。私にとって本当に問題なのは、生と言葉との関係なのだ》（「私にとって必要な逸脱」）ということばは、彼にとってなお古びていない、と思う。ただ、それはより危険に満ちた関係として、彼のことばの運動を激化させているだけである。

もし、《生と言葉との関係》が、低い次元で結ばれているなら、生の実感は陳腐な心情の吐露になるだけであり、生活経験をうたうことが、その生きられた意味をスポイルすることになるだろう。経験を生かそうとするなら、むしろ、それをことばから追い出す仮構の水準が要求される。そのことは『対詩』のなかに収録されている「母を売りに」に、よく示されているのではないだろうか。

背に母を負い
髪に母の息がかかり
掌に母の尻の骨を支え
母を売りに行った

（「母を売りに」第一連）

この作品のリアリティは、この詩人の老母をめぐるプライベートなところでの痛切な体験を、ことばの表層からすべて追い出すところで獲得されている。詩人が実生活で直面したのは、おそらく母を売りに行くことと正反対の事態であろう。しかし、それにもかかわらず、いま、わたしたちが老人医療や看護、老人ホームや姥捨てとしてかかえこんでいる複雑な感情や悲哀は、まさしく母を売りに行くというニセの経験、アイロニカルな仮構のなかでこそ、真実の姿をさらすのである。使い古した宇宙服やからっぽのカセット・テープ、僅かな野花も並ぶ、喧噪に満ちた日曜日の市場に母を売りに行く男の光景には、わたしたちが現代という時間帯のなかで、共通に経験している幻影がある、と言っていいだろう。それは声高な告発や、安手なヒューマニズムの言説をうちくだくだけの力をもっているのである。

経験について同じことは、たとえばまったく異質な作品である、詩集『コカコーラ・レッスン』のなかの「交合」にも言えるだろう。萩原朔太郎は、草木姦淫の罪を、あらゆる罪悪の最上位に置いているが、谷川俊太郎は逆に、羊歯類との交合を、この作品で魅惑に満ちためくるめく経験として描いている。

……その加速をうながすものが、私と、そして羊歯の欲望としか呼びようのないものであることを私は疑わなかった。私の身体の中の私でない生きものが、もっと、もっとと声にならぬ叫びをあげた。私は羊歯の葉に指先を触れたまま、ぎごちなくあせって下半身の衣服を脱いだ。裸の尻が落葉に接するや否や、羊歯と私を結ぶ感覚の流れは、めまいを感じさせるような速さにたかまった。もはや指先を触れているだけでは我慢できなかった。私は上半身の衣服をめくり上げ、身体を半回転させて、裸の胸で羊歯の上へおおいかぶさった。

（「交合」部分）

むろん、ここにあるのは万物照応とか自然交感などというものではない。もっと生理的、あるいは性的な欲望における植物との交感が描かれている。しかも、このエロティシズムは、どこまでも中性的であって、朔太郎のような病的な匂いがしない。ここにわたしは宇宙的な（ということは都会的なということでもあるが）かわいた感性を見る。

森林浴ということばがあるが、それとよく似た羊歯類との新鮮な交感、触覚を通じての快感はだれもが経験するだろう。しかし、それをエロチックな交合のイメージまでもっていったのは、詩人の夢想である。そして、その夢想された経験は、精密なことばの仮構においてこそ、いわば実際の経験以上のあやしいリアリティを獲得しているのである。詩人の自由なことばの運動は、おのれの隠された経験に依りながら、それを越えて、非人称的な現代の経験を生みだすのだ、と言ってよい。

さて、わたしはその仮構された経験の主格をなしている、詩人のさまざまな顔について、これまで語ってきた。むろん、その百面相のすべてについて語るのが目的でもないし、またそんなことがわたしに可能なわけでもない。彼の詩の読者は、自分の好きな顔を、そこからいくらでも見つけだすことができるはずだ。しかし、どの顔もおそらく《世をしのぶ仮のすがた》をしているだろう。彼の作品に出てくるウエイトレスのように。

ウエイトレスは世をしのぶ仮のすがた――
そうウエイトレスは打ち明けました
ではウエイトレスは本当は何なのでしょうか
大日本秘密探偵有限会社の調査によると
彼女はうちに鰐と梟と黄金虫を飼っています
でもそれだけでは何も分かりません
さらに調査をすすめた結果
彼女の好きな食べものはビー玉らしい
それでも彼女が何者かは分かりません
果して彼女自身には分かっているのでしょうか

(「ウエイトレス」)

(引用の作品のうち、詩集名をあげてないものは、すべて『スーパーマンその他大勢』に収録されている。)

(『朝のかたち〈谷川俊太郎詩集Ⅱ〉』「解説」一九八五年)

カタログという戦略

——詩人の消滅

——谷川俊太郎の『日本語のカタログ』を読んだ感想はどうでしたか。

——それより少し前、昨年の九月、十月ごろだけど、谷川俊太郎の一九七〇年以降の詩集、約十八冊ほどを、ちょっとていねいに読む機会というか、必要があってね。

——七〇年以降だけで、そんなに沢山の詩集があるんですか。

——谷川さんの熱心な読者のなかには、全部読んでいる人はいくらでもいるだろうけど、詩人のなかでこのうちの半分読んでいる人が、どれだけいるだろうか。かく言うぼく自身もそれが発刊された段階で読んでいるのは、三分の二をちょっと越える程度かな。

——あなたはかなり早い段階から、谷川俊太郎については、折に触れて書いてきているわけだけど、印象はどうでした。

——単純に、すごいな、ということばに尽きるけど、そのすごいの内容を言うと、細胞分裂にたとえることができるかな。若い頃の谷川俊太郎というのは、やはり単細胞だった、と思う。これまでの詩人の概念で言えば、単細胞として、いかに自在に変容や発展ができるか、ということでよかったわけだ。

——しかも、その変容とか、発展の幅がせまいんですよね。それもまだ変容する構造をもっている人はいいけども、ほとんど一回かぎりの勝負で、時代に置き去りにされてしまう、ということになっている。

——とくにいまのように世の中の動きが、ものすごく速いと、そのテンポについてゆけない。そして、ただそれに合わせようとすると、いかにもうすっぺらで、世に言う軽薄短小の時代のコピーになってしまう。

——じゃあ、むりにそんな時代のテンポなどに合わせようとせず、むしろ、がんこに単細胞としての資質を守っていた方が、逆に時代的な在り方になる、ということがあるのでは。

——そういう詩人には、ある種の信頼感がおけることはたしかだろう。しかも、それが巨大な反時代的妄想をふくらます在り方までゆけば、たしかな手応えはあるんだけど、しかし現実には、体験的、抒情的ノスタルジアのいじましい袋をいこじにかかえこんでいる風景ばかり……が見えるということになっているんじゃないのかな。

——それでは、谷川俊太郎の細胞分裂というのはどういうことですか。

——もともとは、この詩人も単細胞だったというのは、自分の感情とか経験に根拠を置く詩を書いていた、ということだ。ただ、宇宙的感覚とか、時代の感性に鋭敏なところとか、そういうひろがりは、はじめからみられた。顕著に細胞分裂の傾向が見えはじめたのは、詩集『21』のころからだと思うけど、七〇年代に入ると、実にさまざまなスタイルの詩が生まれてきた。

——具体的に詩集の名前をあげるとどういうことになりますか。

——まず、『ことばあそびうた』とか、『わらべうた』とか、それに翻訳の『マザー・グースのうた』というような系列の詩集がある。それから『誰も知らない』『みみをすます』『どきん』『スーパーマンその他大勢』という、少年詩集の世界がある。さらにもっとも一般によく知られているポピュラーな現代詩の世界として『うつむく青年』『夜中に台所でぼくはきみに話しかけたかった』など、この系列の詩集はとても多い。そして、現代詩の先端的な試みである『定義』や『コカコーラ・レッスン』などの世界がある。

——しかし、最初の『ことばあそびうた』などは、こども向け、あるいは幼児向けの詩と言ってもよいでしょう。

——ぼくが、きわめて外観的なスタイルによって分類したので、そういう疑問が生まれてくるわけだが、これはあくまでいちおうの便宜的分類と考えてもらいたい。たしかに、最初の『ことばあそびうた』とか、『わらべうた』というのは、こども向けの仮装をもっている。しかし、実際にそこでやられているのは、日本語のリズムや音韻についての、技術的にはそうとうに高度な試みであり、四番目にあげた現代詩の先端的な試みとも、重なっていると見ることができる。二番目の少年詩集にしても、仮にそう呼んでいるだけで、それはポピュラーな現代詩の世界にも、ことば遊びの世界にも開かれていて、それぞれの境界はほとんど区別がない。

——詩人自身が、それらの多様なスタイルのなかを、自由に出たり入ったりしていることを細胞分裂と呼んでいるわけですか。

——出たり入ったりと言う風に言ってもいいわけだけれど、従来の詩人の概念では考えられないような、異質なスタイルが同時に存在すること、しかも、それらは区別と同時に影響しあって、それぞれのスタイルによることばの運動を活性化している、そのことを細胞分裂とまず呼んでいいと思う。

――すると、詩人の経験が分裂していくということではないんですね。

――むしろ、ことばの細胞が、さまざまに分裂しながら、多様なスタイルや経験をも組織していく。詩人という場所は、そのことばの細胞分裂を激化したり、組織したりするところということになる。引用とか、コラージュという手法も、それがすべてとか、実験的試みとか、そういうことではなくて、その細胞分裂の、いってみれば渦巻状の運動のなかに巻きこまれて意味をもっている。

――詩集『旅』のような抒情的、あるいは心情吐露的な作品も、コラージュと同じ細胞分裂の運動のなかにある、一つの細胞と見るわけですね。

――あれを心情吐露的と見るのは疑問だけど、ともかく詩人の経験に近いところから発せられることばの運動と、非人称的なことばの運動が、谷川俊太郎の場合は、複雑にからみあって進行するんだね。だから、そこに幾つもの頭、さまざまなスタイルやフォルムの詩を組織する主格が存在することになる。

――怪人二十面相ですか。

――いや、怪人百面相かな。

――グリコ・森永事件の犯人は、《わしらは　だれでしょう　あるときは警さつかん　あるときはぼう力団　あるときはそう会や　あるときは新聞きしゃ　あるときは　ぼうそうぞく　あるときは国てつの　線路こうふ　あるときは　むせんマニヤ……》と、脅迫文に書いたけど、これはするどいですね。

——むろん、この事件には、特定の犯人がいるわけだけど、彼らの脅迫文に見られる、てってい的に自覚された匿名性、あるいは非人称性は、この犯行の現代的な性格を浮きあがらせていると思う。そして、それは谷川俊太郎の細胞分裂のもっている匿名性、非人称性と通じあっている。彼もいま、わたしはだれでしょう、あるときは建築家、あるときはスーパーマン、あるときはお医者さま、あるときはピエロ、あるときはひとりぼっちの裸の子ども、あるときはウエイトレス……というような主格を組織することで、詩を書いている。

——それを彼は〈日本語のカタログ〉というモティーフにもっていったんでしょうか。

——『日本語のカタログ』には、どこにも詩集ということばは使ってないが、ともかく形としては詩集として提出されたと見てよい。それはいままで、とくにこの十数年間、彼がやってきた方法意識の集約になっている。ただ、それが〈カタログ〉という概念で集約されたところに、現在の詩の問題があるとも言えるし、これまでの詩の概念から脱皮した、あるいはもう一つ転換した彼の位相があるとも言えるのではないか。

——作品史的に見て、谷川さんの細胞分裂の運動が、〈カタログ〉というモティーフを生みだしたことはわかりますが、そこにもうひとつ飛躍があるように見えますね。

——その飛躍に見えるところが、彼が現在と対応しようとしているところだ、と思うよ。ぼくも、『日本語のカタログ』の広告を、最初に見たとき、一瞬とまどいがあったな。というのも、その広告で、最初に頭に浮かんだのは、数年前にジャーナリズムをにぎわしたカタログ小説ということばだったからだ。

——カタログ小説というのは、田中康夫の小説『なんとなく、クリスタル』に与えられた、いわば蔑称だったんでしょう。

――カタログ世代とか、カタログ少年というのと同じニュアンスで、蔑称とまでゆかなくても、そういうように揶揄を含んだことばとして、カタログ小説ということばも流通した。

――なぜ、『なんとなく、クリスタル』というのは、カタログ小説なんですか。

――それはこの小説の文体を見ればよいので、たとえば《テニスの練習がある日には、朝からマジアかフィラのテニス・ウェアを着て、学校まで行ってしまう。普段の日なら、気分によってボート・ハウスやブルックス・ブラザーズのトレーナを着ることにする。スカートはそれに合わせて、原宿のバークレーで買ったものがいい。》《六本木へ遊びに行く時には、クレージュのスカートかパンタロンに、ラネロッシのスポーツ・シャツといった組み合わせ。ディスコ・パーティーがあるのなら、やはりサン・ローランかディオールのワンピースにしてみる。》というような箇所……。

――要するに、世界の一流ブランドの商品名やブティックなどのカタカナ名がはんらんしているわけですね。いわば小説自体が商品目録のような観を呈している。

――有名レストランやブティック、ブランドなどへの趣味や嗜好のうちに、現代の都市のファッションや風俗のカタログが示されていた、ということではないか。

――しかし、巻末にはそれらへの四四二ものおびただしい註がつけられていますね。それは作者自身が、むしろ、カタログ小説としてこの作品を提出していることになりませんか。

――カタログ小説ということばは別にしても、意図はおそらくそれに近いものだったんだろうな。ただ、これでは都市の若者の風俗やファッションのコピーに過ぎない。世の中のテンポと合っているから、ベストセラーにはなるだろうけど、ちょっと時代が変われば、古色蒼然たるものになるだろう、と思う。

——村上春樹の初期の小説にも、カタログ化した人物が描かれているし、彼の場合も、都市の風俗やファッションが重要な意味をもっていると思いますが、それをカタログ小説とは呼びませんね。

——彼の場合も、ジャズや映画や食べ物への感覚や好みを通して、風俗がカタログ的に表現されているけれども、田中のようにそれに還元されてしまわない。つまり、カタログ化そのものがメタファになろうとしている、と言ってもよい。そこに彼の文体のもっている抽象度があり、それが『羊をめぐる冒険』のような雄大なメタファ小説に成長した。

——ともかく、文学あるいは文芸批評の領域で、カタログ小説とか、カタログ化というのは否定的な文脈にあることばだと思うんですね。しかし、谷川俊太郎は、カタログということばをそういう文脈で使っていないでしょう。あなたは、谷川さんが岩波の叢書『文化の現在』の第1巻の中で書いている、「実作のカタログ」というエッセイは読まれたんですか。

——うっかりしていて、それを読んだのは最近でね。だから『日本語のカタログ』の広告を眼にしたときは、カタログ小説のイメージから、カタログ詩の連想が浮かんだりしたわけだ。

——そう言えば、カタログ詩ということばは聞いたことがないですね。詩のカタログ化ということばは、どこかで読んだ覚えがありますが。ねじめ正一の『これからのねじめ民芸店ヒント』という詩集のなかの作品には、やたらと商品名がでてきますよ。あれはカタログ詩とは言わないんですか。

——たしかに、ねじめ民芸店の商品目録と化したような作品もある。たとえば《三百七十円の木杓子を包み終え、千九百円の鶴首土瓶をみているお客のうしろを通り過ぎて店先で待つ若奥さんに手渡し若奥さん見送る商店街の向うから、すたらすたらとショートカットに大丸の紙袋を下げた万引き奥さんが歩いてくるので、足元の五千円身替り地蔵を蹴ころがし地蔵の鼻でも欠いては二八の涙月やっと越え売上げも少し伸びてきたというのに、そういえば二ケ月前あのショートカットが帰ったあと二千二百円の飴緑流し急須なくなり、その一週間あとに千九百五十円の桜皮の茶筒なくなり、その三日あとに六百三十円の刷毛目緑彩湯吞五コなくなり……》（「万引き合計七千四百円」）というところがそれだ。

——木杓子三百七十円、鶴首土瓶千九百円、身替り地蔵五千円、飴緑流し急須二千二百円……など、いかにもほんとうらしいウソというか、ウソっぽいほんとうというか。

——それらの商品目録的な記述を通して、ここでねじめ民芸店そのものが、現実そっくりのコピーに近づけば近づくほど、全体がフィクション化する、という仕掛けになっている。そして、フィクション化したねじめ民芸店が実現しているものは、現在の都市がその下層にためこんでいる小市民の欲望そのものだと言ってよい。それも風俗にはちがいないが、しかし、それは田中康夫の文体が、ファッションの先端を気取ったブランド商品的風俗のコピーなのに対して、ねじめの場合は、構成されたものとして見ることができる。

——最近の川崎洋の『悪態採録控』というのも、いわば悪態のカタログというものじゃありませんか。

——小説篇、江戸落語篇、上方落語篇、狂言篇の四つのパートからできているが、それぞれの分野の作品のなかから、悪口雑言罵詈暴言の類を採録してそのままのせたということだろう。《悪口を並べただけで詩と言えるかと悪口を言いながら読んで下さい》と、背表紙に書いてあるが、その悪口と言っても、他人の本から抜き出してきたものだから、前後の脈絡はないわけだ。

——ムカシの岩田宏の作品「罵倒論」を思いだしましたね。《楽屋でトスカニーニは／豚どもめ！

とわめいた／豚と言われて／豚は腹を立てるだろうか／ほんとうの色魔は／色魔と呼ばれても怒るまい／田舎者の／心は／かぼちゃのように割れて／片方は冷凍船で運ばれて／だから田舎者と罵られるとき／鉱滓《かなぐそ》のように熱くなるのだ》という詩句は、とても好きでした。

——川崎さんの『悪態採録控』には、現代詩篇というのがないんだよね。この採録という作業そのものが現代詩篇になっているわけだけど。ぼくは悪口ことばというのは好きで、自分で使う時は快感があるし、また、他者が悪口を言ってくるときは、それによって一瞬のごとく彼の存在本質が白昼にさらされるというおもしろさがある。それに比べて、ほめことば採録控などというものが、仮に成り立つとしても、おそらく紋切型で退屈だから、イロニーか悪意としての仕掛けが必要だろう。ほめことばが何故おもしろくないかと言うと、発する人間の立場とか、存在を隠しちゃうからだ、と思う。

——この前は、「週刊読書人」で、谷川雁にドロボーとか葬儀屋！　とか言って毒づかれてしまいましたね。数年前は、「詩人会議」の連中から聞くに（見るに）耐えないような悪口雑言をあびせられてしまいましたが、ああいうのはおもしろいですか。

——両方とも、悪口としては生彩を欠いているわけだけども、そこにおのれの危機が露出しているという点では共通性があるだろう。「詩人会議」の悪口なんか屁みたいなもんだけれども、谷川雁もさびしいよね。ドロボーとか葬儀屋なんて、ぼくのあこがれの職業？　なんだから、そもそも悪口になどなってやしないんだよ。川崎さんにしても、『悪態採録控』をさして、盗作屋！　などと言えば、喜んじゃうじゃないか。

——隣人を一人殺せば殺人犯だけれども、戦争で百万人殺せば英雄だという、かの名せりふと同じことですね。

――それはちょっと例が悪いけども、こっそり誰かの作品を盗めば、著作権侵害であり、盗作屋ということになる。しかし、パロディとか、引用とか、コラージュとか、カタログとか称して、世界中の書物から、おおっぴらに盗みまくれば、それはまた別の宇宙をつくる。悪態にしても、個人の経験の範囲内のことばを並べてみても、とても貧しいよ。先の岩田宏の「罵倒論」にしても、大変いい作品だけども、現在の眼でみると、いかにもつつましく、可憐に過ぎる感じがする。

――たしかに、明治以来の小説や江戸落語や狂言のなかに、豊かに息づいている悪態を拾い出してくれば、悪態をめぐる個人の経験の貧しさは越えられるでしょう。でも、先の背表紙のことばにもつながってゆきますが、それだけでは悪態のカタログに過ぎないのでは。

――川崎洋もこれを詩集とは名づけていないわけだ。詩的行為ではあるけれど、別に詩集と呼ぶ必要もない。はっきりしていることは、いちどこの『悪態採録控』のようなことがやられたら、同じことを二度繰り返す意味がないということだ。ここで開かれた眺望を自明のこととして、いわばこれを巻きこんだ展開をしていく以外にやりようのないところに、現代詩は立たされた、ということになるのじゃないのか。それは『日本語のカタログ』にしても同じだけどね。

――カタログというのは、要するに商品の知識のコピーということですね。そこから経験とか実体をともなわないことばの集積をカタログと呼んでいるわけでしょう。個人とか、内面性とか、経験とかの信仰の上に成り立つ文学や詩にとって、否定的なイメージとして入ってきたのは当然だったと思うんですね。それの意義転換がいま起っているということになりますか。これまでも、引用とか、コラージュとかいうことばで説明されていましたよね。特に入沢康夫などが、詩は表現でないとか、架空のオペラとか、偏る主体とか、そういう概念で説明していたようなことと、いまの段階はどうつながるんですか。

――むろん、その延長上にもあるんだけど、いま起こっていることは、詩の理念からきているよりも、もっと現実的な問題なんだね。現代詩がその表現史の内部で、成熟すればするほど、全体のカルチャーのなかでは落ちこんでゆく、自閉化してゆく、ということが起こっていると思う。もともと、現代詩というのは、少数の特権階級のものだ、とあきらめちゃえばそれはそれでよい。国家や地方自治体の助成金で成り立っている文化というものもあるからさ。

――それは言いすぎにしても、『日本語のカタログ』が、ちぢこまってゆこうとする現代詩のなかに、異質なものをどんどん巻きこんで、それにひろがりと活力を与える戦略的なものに見えてきましたね。風俗やファッションのコピーとしてのカタログという意味とはちがうんですね。

――いや、時代的な背景として、そういうものはあるし、幾つかの試みの周辺でそれと重なっていても当然だろう。それに谷川俊太郎は、さまざまな日本語のカタログだけを、この本で提出しているわけではない。いや、そのカタログの提出の仕方、さまざまなジャンルや方法やレベルの違うものの組み合わせ方に、想像力の運動のようなものが感じられる、と言った方がいいかな。

――カタログという語感から受ける、ある種の客観的な手付が、ここからは感じられないということですか。

――そうそう、詩人は消滅したんだけども、それはただ消滅したんじゃなくて、日本語の生理そのものになろうとしている。カタログのモティーフというのは、その足ならしのようなものかも知れない。


（「現代詩手帖」一九八五年二月号）

零度の語り手

——詩集『メランコリーの川下り』を読む

谷川俊太郎の新しい詩集は、『メランコリーの川下り』と名づけられている、という。わたしがこれを書いている段階では、まだ、発行されていない。それの収録の作品を、それぞれの発表誌からのコピーで読んでいる。こうした文字の大きさや印刷の仕方や構成やらが、何もかも不揃いで雑多で汚れていてとても読みにくい。こういう読み方が、わたしにはいくらか不安である。製本された詩集の形で読むのと、こうしたコピーで読むのとでは、ずいぶん印象がちがうからである。なんとなく、この詩集からまとまった印象が得にくい、つまり、読みながら焦点が合わせにくい感じがするのは、詩集の性格からなのか、寄せ集めのコピーで読んでいるからなのか。

まず、そういうことが気になっているが、特にこの詩集の題名にもなっている作品「メランコリーの川下り」を読みながら、わたしはかつての詩集『旅』のことを思いだした。『旅』は、正確には香月泰男との詩画集だが、一九六八年十一月に出版されている。こんどの詩集との間に、二十年の歳月が流れているという発見よりも、そのように時を隔てていながら、どこか似ている、呼応するものがありそうだという直感に、小さな驚きを感じたのである。さっそく『旅』を、また、読み直してみる。すると、こんな作品が眼に入ってきた。

白い　礫のような鳥のむこう
湧きあがる雲の背景
生きようとこんなに強く願いながら
私は今日　死んでいい

どんな宣言が要るだろう
蝕まれた心のむこう
遠くさらに遠く
何かしら限りないひとつ

言葉に託すほどの事ではない
歌うほどの事でもない
呟き……

その呟きに
すでに優しい決意が宿る

行動へおもむく事を知らぬ決意が
（「anonym　5」）

独白《モノローグ》の抒情。その根底には、ことばにしえない、澱のような体験が、潜んでいるのではないか。しかし、この独白の語り手は、個人的な感情に蝕まれた、その体験には触れようとはしない。そして、その隠された体験から発せられる痛切な声、呟きに似た決意だけをひびかせようとする。その呟きとは《生きようとこんなに強く願いながら／私は今日　死んでいい》というのである。これはたしかに、宣言することでも、歌うことでもなく、《行動へおもむく事を知らぬ決意》として、自分にだけ反響する呟きとしてしか発せられぬことばだろう。その危うい精神の形だけが、わたしたちに伝わってくるのである。わたしがこれと「メランコリーの川下り」に、呼応するものを感じたのは、次のような断章があるからだ。

明日はかいもく分からない
自分が死ぬということの外は
それもどんな死にかたか知れたもんじゃない

昨日はもう忘れた
残っているのは都合のいい解釈だけ
今日だけがいま目の前にいるおまえの

浮かぬ顔のおかげでまぶしい
眉間のしわもくしゃくしゃの髪も
うつろう気分の確かさを告げて
今日はまだ辛うじて
ひとつの形を保っている

（「メランコリーの川下り」部分）

ここにも、死をめぐって、自分にだけ反響する呟きがある。しかも、独白的な語りの類似にもかかわらず、詩の構成の意識は明らかに違っている。「*anonym*5」が、もっぱら呟きをめぐって、ことばの構成意識が働いているのに対して、「メランコリーの川下り」（以下「メランコリー」と省略）は、明日、昨日、今日という時間をめぐって、それが働いている。つまり、過去も未来も、自分にとって形が崩れている。しかし、現在だけは、〈おまえ〉の存在によって、辛うじて《ひとつの形を保っている》というのだ。〈おまえ〉が誰なのかはわからない。ともかく、自分に対置される何者かによって、〈いま〉の生は実感されているのである。実感されているとしても、それは過去と未来の間で《辛うじて》であり、この希薄さは『旅』の詩篇にはないものだ。

独白《モノローグ》の抒情というスタイルの共通性をもちながらも、『旅』には、その独白を支える強い体験的な根拠があったのであろう。むろん、それが何かは隠されているが、ことばはその中心から発せられ、中心に回収されるような動き方をしていた。そこにはメッセージというより、反メッセージと呼べるような明瞭な意味の表情が浮かんでいたのである。たとえば『旅』では、《何ひとつ書く事はない》（「鳥羽1」）と書くことができたし、《黙っているのなら／黙っていると言わねばならない／書けないのなら／書けないと書かねばならない》（「anonym1」）と主張することもできた。あるいは《海という／この一語にさえいつわりは在る》（「鳥羽6」）、《すべての詩は美辞麗句／そう書いて／なお書き継ぐ》（「鳥羽7」）と、ことばや詩への不信を言いつのることもできた。また、《私はいつも満腹して生きてきて／今もげっぷしている／私はせめて憎しみに価いしたい》（「鳥羽3」）と、自虐的にひらき直る姿勢も書きつけられている。〈私〉の沈黙は、発語の根拠に満たされて、決して希薄でもなければ空虚でもないのだ。

しかし、「メランコリー」の語り手は、もはや《何ひとつ書く事はない》というレベルの文字を書けない。それは書くことがあるからではなくて、もはや《書く事はない》ということが、いかなる発見でもないからだ。《何ひとつ書く事はない》と書く根拠すら喪失している。では、ことばはどこからくるのか。

たとえ……言葉をもっていたとしても
蝶は……人に話しかけない……
でも蝶は形をもっていて
ためらいがちに……人を
言葉へと誘う……

ひとつの言葉から……その言葉の奥の……
もうひとつの言葉へ……さらにまたその奥の

……言葉へと……いつまでも

（「メランコリーの川下り」部分）

ことばは、いわば〈蝶の形〉から来る。むろん、それは語り手の発語の根拠の喪失の比喩だ。しかし、根拠は喪失しても、あるいは喪失しているが故にこそ、一つのことばから、またその次のことばへ、さらにその先のことばへと《いつまでも》、連想は働いてゆく。「メランコリー」には、作品の語り手はいるが、〈私〉がいない。《海という／この一語にさえいつわりは在る》（「鳥羽6」）という、この判定者である〈私〉は、「メランコリー」では死んでいる。メランコリーの気分とは、詩の内在性として言えば、そのような〈私〉の死からやってきているのだろう。

もともと『旅』において、〈私〉のことばへの不信や沈黙は、自然や風景、親しいものの肉体の、圧倒的リアリティにおいて生じていた。《嵐の前の立ち騒ぐ浪》、その海のリアリティのまえでは、〈海〉ということばは、いつわりにしか感じられなかった。《何ひとつ書く事はない／私の肉体は陽にさらされている／私の妻は美しい／私の子供たちは健康だ》（「鳥羽1」）という、むろん、ここでの《私の肉体》や妻の美しさや子供たちの健康は、アイロニカルな感情に支えられている。しかし、それらへのまぶしいまなざしによってこそ、《何ひとつ書く事はない》という独白は発していたのである。繰り返して言えば、この時、谷川俊太郎の隠していた体験の核が何であったのかはわからぬが、海の風景にせよ、妻の肉体や子供たちの動作にせよ、ことばという人工に対置される自然性のリアリティのなかで、〈私〉という中心は沈黙に浸されていったのである。

そしてもう私は

私がどうでもいい
無言の中心に到るのに
自分の言葉は邪魔なんだ

（「旅3」第四連）

しかし、「メランコリー」においては、そのようなことばへの不信による沈黙への凝集は、あとかたもなく消えている。見かけはどんなに似ていても、「メランコリー」で語っているのは、〈私〉を零度化した語り手である。〈私〉という《無言の中心》を失って、ことばは宙空の彼方からやってくる。

書物は言葉の隠れ家だ。口に出せない言葉もページを開けば、ふてぶてしく隊伍を組み大声をあげる。恥ずかしげもなく身をくねらせてささやきかける。言葉はヴィールスのように人を侵しつづけ、沈黙という抗体すらもう役に立たない。書物はパンドラの箱、だが今さらページを閉じても手遅れだ。言葉に魂を吸い取られて、人はゾンビのようにさまよっているではないか。

（「メランコリーの川下り」部分）

もとより、《言葉に魂を吸い取られて》、《ゾンビのようにさまよっている》のは、この作品の語り手自身でもあろう。〈私〉を零度化した語り手とは、角度を変えて言えば、無意識の語り手ということになるかも知れない。もっとも『旅』において、これと対照的な、信じられた〈私〉という中心があったかどうかは疑わしい。しかし、すくなくとも、谷川俊太郎は、そこまではそんな振りをしている。とすれば、「メランコリー」の無意識の語り手も、つねに転変するこの詩人の今日の振りかも知れない。ともかく、ここで複数化し、拡散した〈私〉という、メランコリーに包まれた無意識の川の流れを下りながら、語り手は時の経過とともに次から次へと映しだされる光景、誰かがどこかで発している呟きを、カメラやテープに収めるように記録し、みずからの声へと変換する。

それらは作品言語としては、それぞれフレームをもった断章となっているが、特に相互に関連づけられているわけでもないし、独立させられているわけでもない。このことは、「メランコリーの川下り」一篇についてだけでなく、この詩集全体の性格にも、どこか及んでいっている、と言えるかも知れない。最初に、わたしが、ここからまとまった印象が得にくいと書いたのも、それはコピーで読んだせいではなく、まさしく〈私〉という中心を失ったイメージや独白の断章が、川の流れのように流れているところに起因しているのだろう。そして、この溶解し流動する存在の希薄さ、これこそがわたしたちの現在なのである。むろん、これと接触する詩の方法が無数にあることは言うまでもないが、谷川俊太郎は、語り手を零度化することで、希薄さの内界を、ゾンビの無機的な視点で語らせる方法を選んでいるように見える。語り手と共に、わたしたちも、その無意識の川を下ってみようか。まず、次のような断章からはじまっている。

東むきと西むき
ふたつの窓を開け放っておくと……夜
空気が……忍び足で入ってきて
部屋の中をそっとうかがい……また
出て行く気配がする……

何かをもってきたのか……それとも
何かを……もち去ったのかさだかではないが……

（「メランコリーの川下り」冒頭部分）

ミステリアスな〈気配〉、ここにあるのは沈黙ではなくて静寂なのである。忍び足で部屋に入ってきた〈空気〉は、何を運び入れ、何を持ち去ったのか。語り手の視線も空気のように透明だ。これにつづく断章は、語り手の中に、なお、痕跡のように保存されていた〈私〉の記憶かも知れない。

陽にさらされた木工場に人はいないが……
誰かが……その場所を見つづけていた

小石の上に青虫がよじのぼろうとしていて
音もなく雨が降っていた……ある日のもっと前
身も凍る恐怖の……もっと前
言葉のもっと前から……

誰かが知っていた……
その場所がやはり……その場所でしかないことを

（「メランコリーの川下り」部分）

たぶん、それは〈私〉の生まれる前の記憶なのだ。〈私〉という魂を抜きとられてしまって、ことばと化した語り手だけが、生誕前の光景を見つづけることができる……そう読みとっていいだろうか。作品はそれをよいとも悪いとも判断したり、強制したりしない。この語り手のことばは、多義的に開かれている。さらにこれから、四つほどの断章がつづくと、こんな独白が出現する。

数えきれぬ晴天に恵まれて、人類はここまでやってきたのだ。
宇宙にはどんな善意もないが、悪意もまたありはしない。
ただ隅々までびっしりと細部の詰まった、巨大な空白があるばかり……
（「メランコリーの川下り」部分）

わたしは《数えきれぬ晴天》などということを考えてもみなかった。数えきれぬ戦争とか、数えきれぬ飢餓とか、数えきれぬ迷子とか……。これらの凡庸さは、常識という権力に満たされている。だからこそ『旅』において、彼は《餓えながら生きてきた人よ／私を拷問するがいい》（「鳥羽3」）と挑戦したのである。そこに発語の根拠は、にぶいひかりをはなっていた。しかし、「メランコリー」の語り手は、《数えきれぬ晴天に恵まれて、人類はここまでやってきたのだ。》という。このナンセンスは、わたしに中原中也の《空に昇つて、光つて、消えて――／やあ、今日は、御機嫌いかが。》という「春日狂想」の詩句を思い起させる。中也は、この詩で《愛するものが死んだ時》の狂想がまとっている、アイロニカルな空白をうたったのだった。それにことよせて言えば、谷川俊太郎は、〈私〉という中心が失われた意識の、メランコリーな空白を記述している。詩を書くという行為が、いまぶつかっているのは、たしかに《ただ隅々までびっしりと細部の詰まった、巨大な空白があるばかり……》である。

「メランコリー」の断章と断章は、フラクタルな図形に似て、つながっているようでつながっていない。あるいはつながっていないようで、複雑に入り組んだ連続線をつくっている。むろん、《巨大な空白》とは、無のことではなく、意識とことばのナンセンスな戯れであり、さまざまな常識の枠組みの切断であり、物語の解体である。この空白の割れ目からは、ユーモアも笑いも怒りもこぼれている。ただ、それらは途切れては複雑に重なる線としてつながっており、わたしたちの読みは流れようとすると押しとどめられ、休もうとすると押し流される。

　ここまで書いてきて、先の断章について、中原中也の〈空白〉への連想が働いたために、大事なことに触れずじまいだったことに気づいた。それは〈人類〉と〈宇宙〉ということばが、あの谷川俊太郎の最初の詩集『二十億光年の孤独』のキー・ワードだったことである。『二十億光年の孤独』の少年も、宇宙からどんな善意も悪意も受けとってはいないが、そこには明るい孤独と、透明なかなしみがあった。しめった情緒を濾過した感情、蒸留水のような知がきらめいていた。「メランコリー」で突然、また、人類や宇宙ということばが出てくるには、語り手がそのような〈私〉の記憶というより、資質をくぐり抜けている、ということだろう。そこに「メランコリー」が、現在でありながら、時間的に記憶の方へ入りくんだ、フラクタルとして成立していることを見てもよい。

　こうして、ずいぶんことばを連ねてきたが、まだ、わたしには「メランコリー」というような作品を読む方法がわかっていない。ただわかっているのは、もっとも本質的なところで、読解を拒まれている、ということである。読解を拒まれているからこそ、逆に言うとわたしは自由なのかも知れない。

もし、対象が抒情の表白だったら、わたしは自分のなかから共鳴する無数の弦を探さなければならない。もし、対象が思想の表白だったら、わたしは反発を覚えるかも知れない。もし、物語だったら、わたしは筋書きをたどらなければならない。しかし、対象は断片、断章として視えない紐でつなげられているに過ぎない。そのどの部分を先に読もうが、後に読もうが、飛ばして読もうが、重ねて読もうが、まったくわたしの恣意にゆだねられている。〈わかる〉と〈わからない〉が、わたしのなかで同一のレベルを形成し、せめぎあっている。

目の前の板壁の木目に浮かぶひとつの顔……
小さな目……曲がった鼻……歪んだ口……

泣くのと怒るのと笑うのとが
いっしょくたになって

時の繊維が……織り上げた顔……

（「メランコリーの川下り」部分）

これは幻覚なのだろうか。自己像なのだろうか。あるいは作品そのものの喩なのだろうか。わからない。しかし、わたしが作品そのものの喩ではないかと思ったのは、「メランコリー」も、ある意味では、《小さな目》と《曲がった鼻》と《歪んだ口》だけでできていて、その他の身体の部分は想像にまかせられているからだ。それを〈わかる〉と言えば、わたしは〈わからない〉と同じレベルでわかっている。文体からみても、谷川俊太郎の作品で、こんなに《……》の多用されている例は、おそらくこれまでになかった。省略は喩の機能を果たす。《時の繊維が……織り上げた顔……》とは、作品というもののメタファーである、と言ってもわからなさは残る。それになぜ、わたしはわかってしまう必要があろう。「メランコリー」を語っている零度の語り手とは、《言葉に魂を吸い取られ》た〈私〉のことであった。〈私〉が、わたしの体験を、わたしの思想を、わたしの物語を語っているのではない。わたしが〈わからない〉というとき、わたしは〈私〉をわかろうとしているのかも知れない。

しかし、メランコリー、つまり、鬱は、〈私〉から発していたのではない。〈私〉の不在から発しているのだ。

……今ここにいる鬱陶しさを
どうしても忘れることが出来ない……
だがその感情がなければ……世界は見えなくなる

（「メランコリーの川下り」部分）

だれが《今ここにいる》のか。言うまでもなく、語り手が作品という《時の繊維》のなかにいるのだ。その鬱陶しさを、語り手は忘れることができないのであろう。しかし、〈いま〉は、そのメランコリーという感情、〈私〉を不在にしてはじめて可能となる感情がなければ、《世界は見えなくなる》と語り手は認識しているのだ。この語り手における〈私〉の不在を、あのワープロという書記機械が助けている。それも語り手の自己認識である、というところにこの作品の奥行きがあろう。

utuと打てば一瞬にして
鬱……という文字が現れる
もう筆順の迷路をたどる必要はない

筆勢の風は止み
文字の檻に囚われて……

だが格子に沿い絶えず歩き回っている
足跡のもつれを読もうとして

（「メランコリーの川下り」部分）

こうして、あらゆるものは、《言葉と影像によって複製され》、現実と観念は転倒する。わたしたちは、もはや複製を通じてしか現実を見なくなったのであり、ことばによって現実は出現させられるのである。《地球は目もあやな絵葉書を商う／賑やかな土産物屋》になったのである。この転倒の上で語っているものが、零度の語り手であった。それは快適なことでもなければ、不快なことでもなく、ただ、不可避的なことに過ぎず、それが鬱陶しいと言えば、そういうことであろう。

この語り手とともに、わたしもメランコリーの川を下ってみたが、果して、うまく同行しえたかどうかわからない。時々、わたしが語り手の迷走を見失ったことはたしかだから、たぶん、わたしの読みには幾つかの短絡がある。それはそれで、〈私〉の死をかかえているわたしという、もう一人の語り手を語っているのだが……。書くことも完結しないように読むことも完結しない。「メランコリーの川下り」が、終るべきいかなる理由もなく終っているように、わたしもただ、指定された枚数が近づいたから、という理由だけで、これ以上書き続けることを放棄する。

（「現代詩手帖」一九八八年十一月号）

非中心という無意識
——詩的80年代

詩的八〇年代ということで、過去十年の谷川俊太郎の詩の歩みを振り返ってみる。この詩人の仕事が焦点だった、と思う。しかし、わたしたちの詩の現在が不幸なのは、詩人たちの誰もが、おそらくそのように谷川俊太郎を見てこなかったことである。この詩人の抜きん出た力は、誰もが認めている。あからさまに否定する声はどこからも聞えてこないかも知れない。しかし、多くの称賛の言辞によって、むしろ、彼の詩の試みが時代の焦点だった、という核心的意味が隠されてしまっているのではないか。なぜなら、いまの多くの詩人たちがむしろ拒んでいるところに、彼の仕事の意味はあったからである。

谷川俊太郎にとって八〇年代と言えば、年齢としては五十歳代の十年ということになる。この時期も、彼は実に旺盛な詩活動をした。数え方によって異なるが、ほぼ十四冊もの詩集が刊行されている。いちいち、それをあげないが、多彩さはもとより、まず、こんなに多くの詩集を出した詩人は、他にはいないはずだ。むろん、この量の多さということも、一つの問題であろう。彼の多作ということは七〇年代からはじまっていた。やはり、数え方によって多少は違うが、わたしの見るところでは、一九七〇年代にも十二冊が刊行されている。これを六〇年代の四冊、五〇年代の四冊と比べれば、いかに飛躍的に詩作の量が増えていることか。それはだれの眼にも明らかである。

もとより、これは量の問題であると同時に、そうではない。先からわたしは《数え方によって》という条件をつけているが、このこともいくらかは関係があるだろう。単に、たとえば角川文庫本の二冊の詩集のように、過去の詩を集成した編詩集、アンソロジーを数に加えるかどうかということではない。そういう性格の詩集は、いっさいここでは数のうちに加えていない。谷川俊太郎の場合、それをいわゆる詩集として受けとるべきかどうか、判断に迷うものがかなりあるのだ。たとえば以前ものでは『日本語のおけいこ』(一九六五年)である。曲のつけられた子どものうたを集めた童謡集であるが、『ことばあそびうた』(一九七三年)や、『わらべうた』(一九八一年)を詩集と呼ぶなら、曲のあるなしにかかわらず、これもそれと同じレベルの詩として読むことができる。

八〇年代の例で言うなら、『スーパーマンその他大勢』(一九八三年)というのは、詩集なのか、絵本なのか。桑原伸之の楽しい絵に、二十四篇の短い詩がつけられている。しかし、表紙その他の著者を示すところには、〈詩〉ではなく、〈谷川俊太郎・文〉となっている。そのためか、いまのところ著作目録としては、もっとも新しい〈現代詩読本〉『谷川俊太郎のコスモロジー』所収のものによれば、「絵本・童話」のなかに分類されているし、同書の詩集中心の記述になっている「自筆年譜」からも、『スーパーマンその他大勢』の名前は見られない。むろん、これが絵本として読まれることは当然だが、そのなかの各篇十行で書かれている〈文〉は、『よしなしうた』(一九八五年)が詩集として読まれることと同じレベルで、やはり詩作品として読まれるべきであるし、実際にもそう読まれているはずである。

これは子供向きの絵本のなかの〈文〉だからといって、この詩人が少しも手抜きをしていないということの証明でもあるが、もっと本質的なことは、彼にとって詩集とそうでない著作との境目があいまいだ、ということである。ということは、詩と詩でないものとの境界があいまいになっている、ということでもある。そして、むろん、わたしはそれを肯定しているのだが、そうした境界的な試みが、七〇年代から多くなるにつれて、詩の制作量も激増したのである。

境界的とは、これまでの詩の概念をはみ出る、ということである。しかし、はみ出るというのは、いわば結果である。彼のことばを詩概念の既成性からはみ出させ、詩と詩でないものとの境界に戯れさせているものは何だろう。それをわたしはとりあえず、非中心化の概念でとらえておきたい、と思う。たとえば戦後詩という理念のなかでは、〈ことば遊び〉は市民権をもたなかった。詩は〈ことば遊び〉なんかじゃないよ、という否定的な文脈のなかでしか位置をもたなかった。なぜなら、〈ことば遊び〉とは、個人の経験とか、思想とか、根拠とか、感受性とか、暴力とか、反秩序とかいうような、中心への凝集をもたないからである。それは音数律や、音韻連想、語呂あわせ、あるいはわが国において古くから伝承されているなぞかけ、早口ことば、尻取り、畳句など、いわば日本語の生理の表現として、むしろ、個人という中心からの拡散を表現する世界なのだ。

『ことばあそびうた』や『わらべうた』は、子どもがうたったり、くちずさんだりする詩であって、大人の現代詩とは区別しなければならない、という考えには意味がない。たしかに、子どもたちに口承されるということを抜きにしては、これらの詩の成立は考えられない。しかし、そこで試みられている日本語のリズムの表現は、現代詩の中において定型の生きる領域を暗示しており、また、その方法は現代詩の〈ことば遊び〉のなかに滲透しているという点で地続きである、と考えるべきであろう。〈ことば遊び〉の詩が、日本語のリズムの可能性を拡大しているのと、一見すると対照的な試みが『定義』であった。前者が子どもを対象として、きわめて平明な意味と単純な構造のそらんじやすい、リズムの詩であるのに対し、後者はすくなくとも見かけは難解な語句による、非音楽的で、視覚的なイメージや論理的記述を中心とした、いわゆる散文と区別のつかない世界なのである。その意味で、『定義』もまた、『ことばあそびうた』と対照的な性格ながら、詩と詩でないものとの境界へずれている。ずれてはいるが、これが詩なのは言語によるものの精密な記述という以外に、どんな目的も主題ももたない世界だからだ。詩が言語による言語自体への批評的態度であるというそのことを、いわゆる規範化されたものの〈定義〉からの、果てしのない逸脱によって果たしたのだった。

『ことばあそびうた』と『定義』（一九七五年）は、そこで用いられている言語の性格で言うと、両極的でありながら、それらがいずれも、戦後の現代詩の理念からはずれた境界的な詩集であり、個人の経験の表現という中心をもたない、非個性的な世界である、という共通性をもっている。しかし、この詩人には、いつも往路があれば復路があるので、詩的なあるいは抒情的なという形容のふさわしい作品は、いわゆるポピュラーな詩集にいくらでも発見できる。しかし、そこにおいても、つまり、ポピュラリティを支えているのは、やはり、非中心化という性格である。現在という時代の無意識、感情への憑依ということだ。語り手は、決して単数ではなくて、殆ど作品の数ほどの複数の主格を組織する。むろん自覚的に類型的なことばは選ばれ、パターン化した感情が反復される。詩が決して選ばれた読者のためのものではなく、不特定、無限定の読者との生き生きした回路を保持しつづけるための、いわば戦略だと考えていい。

八〇年代の谷川俊太郎は、この非中心化の志向を極限まですすめた、と見ることができる。言うまでもなく、この詩人において、ことばはいつも単層として存在しているわけではない。さまざまなスタイルが、渦を巻きながら進行している、と言ってもよい。たとえば、こどもという概念の設定で、はじめて自在性を獲得した『ことばあそびうた』における、音数律と押韻の融合ということばの層は、八〇年代においてものびのびと展開される。ポピュラーな詩の言語の層は、『日々の地図』（一九八二年）や『手紙』（一九八四年）において受けつがれ、そして、七〇年代の『定義』を延長する現代詩の実験的な試みは、『対詩』や『日本語のカタログ』や『詩めくり』においてさらに過激化した。特に、『日本語のカタログ』（一九八四年）と『詩めくり』（一九八四年）において、非中心化は、詩人の消滅、そして現代詩という理念そのものの解体を暗示してさえいる。

かつて〈ことば遊びなんて詩じゃない〉という観念は、詩人たちに牢固として抱かれていたし、いまだってまだ多くの詩人たちはそう思っている。カタログの概念は、それ以上に、現代詩の既成の理念の対極にあるものだ、と言ってよい。むろん、谷川のカタログは、さまざまな種類の日本語のサンプルの提示であって、商品目録のようなものが、詩として提出されているわけではない。そこで引かれている日本語の文章は、ほぼ十行以内だが、出典を見ると、『催馬楽』、川崎長太郎「地下水」、『新三段式問題集国語中学一年』、荒木恵美の葉書、佐藤聡明「今月の話題盤」、にっかつ映画広告、リハビリテーション関係施設一覧、「言語生活」〈録音器〉より、田中泯「まるで不動明王」、椎名誠『かつおぶしの時代なのだ』……などである。これは全体の一部であるが、詩的なサンプルも含みつつ、多くは常識ではまったく非詩的と思われる文章からの抜粋によってできている。そして、これらの差異の際立つさまざまなタイプの日本語が、よく考えられた意外性を用意しているとしても、恣意的な選択にゆだねられていることもたしかだ。

それらの原文は、もともと意味や主題をもった文章（多くは散文）であり、そのコンテキストのなかでは、詩でもないし、詩的ですらない。原文のもつ用具的、あるいは主題的連関を断ち切られて、記述自体のおもしろさや差異が際立つように配列されることで、わたしたちに詩を感じさせる文になっているのである。その意味では『定義』とも共通するが、この場合、その全文を引用のカタログとしている点に、いわば非中心化の極限がある、と言ってよい。

古くから、すぐれた編者による名詩のアンソロジーはあった。そこにはさまざまな詩人の、個性によって差異づけられた代表詩篇のカタログがあると言ってよいが、谷川俊太郎の『日本語のカタログ』は、それらの名詩アンソロジーのパロディでもあろう。名詩とは縁もゆかりもない日本語の散文が、編集のアイデアによって、詩を仮装させられている。もとより、あらゆる種類の日本語のカタログをつくることなど不可能であるし、無意味でもあろう。カタログという概念による一つの試みが、いまわたしたちにとって詩とは何か、という問いのメタファーとして成立することに、おそらく意味があるのだ。

この『日本語のカタログ』より、ある意味でもっと過激なのが、『詩めくり』である。〈詩めくり〉とは、〈日めくり〉のもじりだが、一年三六六日、毎日一篇の詩が書き下ろされてできた詩集である。いや、実際は何日で書かれたのかわからないが、〈日めくり〉をめくるように、読者は毎日、一篇の詩をめくってゆくことができるし、十二月三十一日から逆に読むこともできるし、一日で全部読むことも可能だ。そんなことよりも、ここで問題なのは、すべてがほぼ六行以内の断片であり、それらに共通するテーマも物語もない、ということであろう。一見、〈日めくり〉に毎日記入されている金言名句の類を想起させられるが、むろん、それらのすべての断片は、金言名句に対する批評的態度、つまりパロディとして書かれている。諷刺もあれば、ブラック・ユーモアやアイロニーもある。それらは快活に顔をそむけあいながら、現在という匿名の感情を表現している。ここからは、もはや何も表現するものがないので、すべてが表現になりうる、という詩の起源と終末が一度に見渡される。

しかし、谷川はこれらの極限からの帰路を必ずもっているので、それはその後の『よしなしうた』や『メランコリーの川下り』(一九八八年)の二つの詩集が語っている。言うまでもなく、〈よしよし〉とは、根拠がない。理由がない、ということである。ただこの詩集における根拠のない詩は、決して破壊的ではない。全篇ひらがな詩だが、やわらかく繊細な抒情をひびかせている。

そして、『メランコリーの川下り』もまた、あらゆるものがことばとイメージによって複製され、現実と観念が転倒し、わたしたちはもはや複製を通してしか、現実を見なくなってしまったメランコリーを語る。つまり、メランコリーとは、非中心化が発する気分のことであった、と見ることができる。そして、〈カタログ〉という過激なアイデアから、〈メランコリー〉というような気分への転換に、この詩人の折り返しの意味が表現されている。それにしても、非中心化とは彼が選んだことばへの態度ではない。そこに現在の無意識があるのであり、それが彼を選んでいるからこそ、彼は多作にならざるをえなかったのだ。

(「國文學」一九九〇年九月号)

〈世間知らず〉のパフォーマンス

――「父の死」について

三年前に、「現代詩手帖」で「父の死」を読んだ時、何とも言えない奇妙な想いにとらえられた。それは感動というのでも、衝撃というのでもない。谷川さんって、何とおもしろい人なんだろう、と思ってしまった。何がおもしろかったのか。それはこの詩から立ちのぼっている、谷川さんのどこか化物じみた妖気のようなものだ。

谷川さんの詩には、わざと昔風の言いかたをすれば、オンナやコドモを楽しませるような甘ずっぱさや、しゃれたアクセサリーのようなところがある。これは詩人としてはとっても大事なところで、わたしは谷川さんのそういう側面を一度も否定したことがない。しかし、そういう時でも、彼の詩には、どこか説明できない、わけのわからないような暗さや、悪意のようなものが潜んでいる。化物じみた妖気のようなものは、いまにはじまったことではなく、かなり若い頃までさかのぼることができると思う。そう言えば、以前に大岡信が「水の輪廻」という作品に、妖気を指摘していたことがある。しかし、「父の死」には、それが直接的に露出している。これはおもしろい、と感じない方がどうかしている。谷川さんを、まだ、老年と呼ぶには早いとしても、彼のこれからの妖気の行方に、思いをめぐらすことは、なかなか楽しい。

その「父の死」を冒頭に収めた詩集が『世間知ラズ』である。「世間知ラズ」は「父の死」の次に入っていて、この二作品は一つのように連続して読める。いや、連続と言えば、この詩集の作品はすべて連続していて、それをつないでいるものは、どこか化物じみた気質である。六十歳を過ぎた詩人が、自分のことを《私はただかっこいい言葉の蝶々を追っかけただけの／世間知らずの子ども》と呼ぶ。この身を低くした道化振りから、苦いイロニイが感じられる。《世間知ラズ》と書いても、世間は世間知らずとは思わないだろうが、詩人の魂はいつの世だって、世間知らずなのだ。たぶん、谷川さんの《三つ児の魂》は、世間知らずのまま《百へとむかう》だろう。百歳の世間知らずの詩人は、どんな詩を書くのだろうか。

こんどの詩集で「父の死」を読んだ時に、現代詩読本の『谷川俊太郎のコスモロジー』のなかの、一見、どうでもいいようなことで、ひどく感心したところを思いだした。それは献本に対する礼状の紹介である。それは多くの礼状のなかから数通が選んであるのだろうが、ともかくメンバーが凄い。たとえば一九五二年、第一詩集『二十億光年の孤独』については、稲垣足穂、鮎川信夫、寺田透、小林秀雄等であり、二番目の詩集『六十二のソネット』では、瀧井孝作、室生犀星、石原吉郎、黒田三郎、高村光太郎、小野十三郎である。これは単に一方的に献本をした相手ではない。それに対して、ていねいな感想を返してきた人たちの名前である。こういうものを読むと、やはり、この詩人が出発の時からもっていた、ある特権的な位置というものを、あらためて感じるのである。

こういう時に、自分のことを引き合いに出すのは阿呆のようなものだが、『二十億光年の孤独』より十数年後に、わたしも最初の詩集を出した。その時、たぶん、ここにあげられているメンバーの誰に対しても寄贈しなかった、と思う。おそれおおいとか、どうせ読んではくれないだろうとかを思う前に、わたしにとってはとても遠い距離にある人たちだった、と思う。とは言っても、これは谷川俊太郎自身が贈ったのではないかも知れない、といちおうは疑うべきだろう。編集者がそうしたとも、高名な哲学者である父親・谷川徹三が、息子のことを考えてそうしたのかも知れない。ああ、そう言えば何かそれらしいものを読んだ記憶があると思いつき、「現代詩手帖」のバックナンバーを探したら出てきた。一九七五年十月臨時増刊号の「谷川俊太郎」特集である。インタビューに応じて徹三さんは、息子について率直に語っている。

それによると、これはよく知られていることだが、息子の詩を読んだ谷川徹三が、自分で選んだ何十篇の詩稿を三好達治のところへ持ちこんだ。これは少しぐれて学校ぎらいになり、大学への進学の意志もない息子のことを心配のあまり、詩に才能があればとそうしたらしい。三好達治はすっかり感心して、その詩稿を、「文學界」に紹介し、それが反響を呼んで、その翌々年に『二十億光年の孤独』という詩集にまとめられる。作者二十一歳である。これに続けて、徹三さんは《わたしの知り合いの詩人たちにも、あの詩集を送らせたんですよ。そしたら堀口大学、山内義雄、青柳瑞穂、こういう人たちから、こちらがびっくりするほど、ほめた手紙をもらった。俊太郎だけじゃなくて、わたし宛のものもいくつかあったと思いますけれど。それでわたしも一層安心した》(「息子俊太郎を語る」)と述べている。古今東西、親馬鹿でない親はないのかも知れないが、徹三さんもその例に洩れなかった。ここにも、先の〈コスモロジー〉の方にはあがっていなかった、凄い名前が三人出てくる。

詩人の誕生は、親の七光りの下ではじまったなどという下世話なことを言いたいのではない。谷川さんの詩のボディが、その出発点から受けていた強力な眼差しというものに注意したいだけなのだ。それは単に抽象的な読者の眼差しではない。希有な才能や感覚を予感し、期待する、高度に知的な特権的な視線である。谷川俊太郎の詩が、あたかも生まれつきのように持っている、ことばのパフォーマンス、演戯性というものは、この強力な視線のなかでこそ形成されていったものだろう。たとえばすでに『二十億光年の孤独』のなかで、《あの青い空の波の音が聞えるあたりに／何かとんでもないおとし物を／僕はしてきてしまったらしい》（「かなしみ」）と、彼は孤独な宇宙人を演じてみせていたし、さまざまな論議を呼んだ、あの《詩人のふりはしてるが／私は詩人ではない》（「鳥羽1」）にしても、そのような視線のないところでは、決して生まれなかったことばのパフォーマンスだろう。

こんどの新しい詩集『世間知ラズ』を読んで、やはり、谷川俊太郎のことばが、はじめから持っていたパフォーマンスの性格を、考えないわけにはいかなかった。詩人の誕生の環境をつくり、そこに高名な哲学者という立場に拠って、多くのエリートの視線を集めた父・谷川徹三が死んだ。このかけがえのない父を、どのようなことばのパフォーマンスで葬るか。わたしたちの眼差しは、彼の詩のボディに強く向けられざるをえない。そこで谷川さんがとった態度を、ひとことで言えば、いっさいの感傷、虚飾を捨てるということだった。《すべての詩は美辞麗句》（「鳥羽7」）であるなら、その対極が目ざされた。そして、そこでむきだしになってきたのは、事実ではない。パフォーマンスとしてのことばの性格であり、そうでなければ妖気が漂うなどということはなかった。

「父の死」という作品は、九十四歳四か月で死んだ父の死体のスケッチからはじまる。《入歯をはずした口を開け能面の翁そっくりの顔》、冷たい顔に暖かい手足、《鼻からも口からも尻の穴からも何も出ず、拭く必要のないくらいきれいな体》……。こうして作品は、ほぼ時間の推移を追う形で展開する。救急車で遺体を病院に運び、また、家へ連れて帰る。《私の息子と私の同棲している女の息子がいっしょに部屋を片付け》、弔電や花籠と並んで、別居中の妻が来たり、同棲中の女と喧嘩したり、遠来のお通夜の客が泣き叫んだり、わたしたちはお葬式の映画でも観るように、ごったがえす谷川家の奥を覗き見している（感じになる）。

しかし、事実がありのままに書かれているなどと思わない方がいいだろう。なぜなら、事実らしきものは、ある手応えに沿って厳密に選び抜かれており、そのことでことばは事実のレベルを越えてしまっているからだ。手応えとは、日本芸術院会員であったり、文化功労者であったりする父親の、その死や葬儀へ向けられる世間の眼、崇拝の感情、常識、しきたり……そういうものがつくりあげるタブーの感情、それを無視することばが帯びるある強さの感覚のことだ。作者は、死んだ父親を単に死体として取り扱い、弔問客を迎える家の中に、妻や同棲中の女がおり、それぞれの息子がいると書く。そのことが世間の眼差しが集まるところでは、あるタブーの感情に触れるために、手応えとして感じられているはずだ。

これは事実の記述ではない。事実としては隠蔽されているものだからだ。見ても見ない風を装い、知っていても知らない振りをする、世間の常識というものがつくりあげている皮膜のようなものが、事実と呼ばれるものだ。そういう事実の記述はそこに書かれてはいない。その皮膜を突き崩すことで、ことばは《世間知らず》を演戯したがっている。この事実をも、詩的美辞麗句をも拒んで、《三つ児の魂》をパフォーマンスすることばの性格は、先の記述につぐ次の部分に、もっともよく浮き出ているだろう。

天皇皇后から祭粢料というのが来た。袋に金参万円というゴム印が押してあった。

天皇からは勲一等瑞宝章というものが来た。勲章が三個入っていて略章は小さな干からびたレモンの輪切りみたいだった。父はよくレモンの輪切りでかさかさになった脚をこすっていた。

総理大臣から従三位というのが来た。これには何もついていなかったが、勲章と勲記位記を飾る額縁を売るダイレクトメールがたくさん来た。

父は美男子だったから勲章がよく似合っただろうと思った。

葬儀屋さんがあらゆる葬式のうちで最高なのは食葬ですと言った。

父はやせていたからスープにするしかないと思った。


（「父の死」部分）


天皇皇后の祭粢料や勲章は、《金参万円というゴム印》や《干からびたレモンの輪切り》によって、不敬を演戯させられ、従三位は《額縁を売るダイレクトメール》という商売根性によって演戯させられている。そして、きわめつきは葬式が、スープになったやせた父親の食葬というイメージで演戯させられているところだ。父親の最後のページを飾る国家的栄誉は、こうしてことごとくコケにされる。これが功成り名遂げて、天皇制に収束されてゆく短歌や歌人と違い、《三つ児の魂》百までの現代詩の姿であろう。たしかに《詩は／滑稽だ》（「世間知ラズ」）と言うべきだろう。

しかし、このパフォーマンスの性格は、肩を怒らしたものではない。この詩人の過去の詩集で言うと、『落首九十九』（一九六四年）のことばの質やおもしろさに通じるものだ。たとえば、そのなかに「勲章」という作品がある。

敵の首を一番たくさんとった人に――
頭蓋骨でできた勲章をあげましょう
年じゅうおなかの下っている人に――
落し紙でつくった勲章をあげましょう
海に向かって吠えている詩人には――
砂の勲章をあげましょう
原子爆弾を落した人に――
原子爆弾のついた勲章をあげましょう
（「勲章」前半部分）

ここにある諷刺や悪意がどこか無邪気なのは、社会と詩人という対立の図式のなかで演じられているものだからであろう。しかし、「父の死」において、勲章は垣根を越えて、亡き父のものとは言え、詩人の手元にまで侵入してきたのである。それをことばのパフォーマンスはどう葬るのか。父をスープにするイメージは、ユーモアなどというおだやかなものではない。妖気が感じられるゆえんである。おもしろいのは先に引いたインタビューで、徹三さんが息子の詩の好き嫌いを述べているところで、《それから好きなのは、『落首九十九』ね。わたしにはああいう才能がまったくないんでね。ああいうウィット、ユーモア、イロニー、あれは完全に母親の血を受けてますね》（「息子俊太郎を語る」）と述べているところだ。そうであれば、谷川徹三は、まったく自分にない才能、そのことばのパフォーマンスによって葬られたことになる。あの世があるとすれば「父の死」を読んで、いちばんおもしろがったのは父親の徹三さんかも知れない。

ところで、この作品は、四部構成になっていて、わたしはこれまでその第一部だけを取りあげたに過ぎない。第一部は引用部分に明らかなように、きわめて散文的な文体になっている。それにもかかわらず、これから詩を感じるのは、くり返しになるが、それが事実の説明（羅列）ではなく、ゆるぎなく選択されたことばのパフォーマンスになっているからだ、と思う。第二部は、いわゆるもっとも詩らしい行分け詩の部分で、また、第三部は第一部のもつ葬儀の裏側に対応する表側の「喪主挨拶」が、そのまま挿入されている形になっている。

第二部の各六行二連の行分け詩は、これもこの詩人の過去の詩集を例にすると、『旅』（一九六八年）の感性に近い。内省的に死の謎と詩のそれが重ねられる。

死は未知のもので
未知のものには細部がない
というところが詩に似ている
死も詩も生を要約しがちだが
生き残った者どもは要約よりも
ますます謎めく細部を喜ぶ

（「父の死」部分）

死や詩をいつも未知のものとして扱う、また、その全体ではなく、断片の謎めいた細部をおもしろがるというのが、この詩人の変らぬ詩法であろう。かつて『旅』では《どんなに小さなものについても／語り尽くすことはできない／沈黙の中身は／すべて言葉》（「*anonym* 4」）とうたわれた。この

『世間知ラズ』でも、死や詩のことばについての言及が多い。特に自分のことばや詩への批判的な視線を、ことばのパフォーマンスとして書くということが、この詩集の一特色となっているだろう。詩が《生を要約》しないための、絶えざる相対化の眼差しと言っていいのかも知れない。ただ、詩はいつも簡単に生の側から要約されてしまう。《詩なんてアクを掬いとった人生の上澄みねと／離婚したばかりの女に寝床の中で言われたことがある》の、この《離婚したばかりの女》のように。しかし、《人生の上澄み》になっているかも知れないと、思っているのは詩人自身なのだ。煩をいとわず、幾つかを引用しよう。

おまえはいつの間にか愛想のいい本になった
みんな我勝ちにおまえを読もうとする
でもそこには精密な言葉しかないんだ

（「もっと滲んで」第五連）

言葉の鍵では開けることの出来ない扉がある
母語ですらエキゾチックに思える国にぼくらは住んでいる
そこが本当の故郷だ

（「言葉の鍵」第四連）

だがぼくはもうこういう声では語れない
一番近い人をすら失語に追いやったことがある
自分にひそむ悪に気づかずに

ぼくはラジオの声で囁いたことがある　（「古いラジオ」第四連）

知らず知らずのうちに自分の詩に感動してることがある
詩は人にひそむ抒情を煽る
ほとんど厚顔無恥と言っていいほどに　（「夕焼け」第三連）

生きることを物語に要約してしまうことに逆らって　（「夜のラジオ」最終行）

だがそれが夫婦喧嘩の悪口雑言よりも上等だという保証はないのだ
詩は何ひとつ約束しないから
それはただ垣間見させるだけだから
世界とぼくらとのあり得ない和解の幻を　（「紙飛行機」第四連）

ほとんど人間を裏切るに等しいところでぼくは書いている
どんな言葉にも騙されないことを願いながら　（「午前八時」第六連）

ぼくにとって詩は結局あやういバランスによって成り立つ
きわめて個人的な快楽の一瞬に過ぎないのかもしれない
それを書きとめる必要がどこにあるのか

だがホテルのコーヒー・ショップでぼくは走り書きする
クンデラの本のカバーの裏に
書くことをうとましく思いながら
心はまだ書かれていない詩のうしろめたい真実に圧倒されている

（「虚空へ」第四、五連）

沢山の引用をしたが、むろん、これがすべてではない。しかし、これだけ引けば、飽くことなく詩が詩について自己言及している様相は見えるだろう。本当は、詩人が世間知らずなのではない。このように懐疑的な、否定的な視線を、みずからの演戯するボディに向けざるをえない詩というものが、いわば本質的に世間知らずなのである。詩と言っても、もとよりそれは定型をもたない自由＝詩のことである。定型詩は前提として定型を肯定するところでしかはじまらない。定型はかならず集団のきまりだから、定型詩人が世間を知らないっていうことは、まず、ありえない。スープになった父親のイメージの薄気味悪さは、自由＝詩の宿命を負っている、とも言ってみたいわけである。

「父の死」の第三部は、先にも書いたように、「喪主挨拶」の引用という形をとっている。これが実際の葬儀における挨拶と同じものなのかどうかを、わたしは知らない。わたしも数日前に、近親者の葬儀に参列した。そこで喪主である義兄は、葬儀屋に手渡された挨拶文の見本を、名前やら年齢やらの不都合なところだけ修正して、そのまま読みあげた。その見事な紋切型にわたしはすっかり感心してしまった。こういう風にやれば、悲しみの感情にむせぶなどということはありえない。世間は紋切型の効用をよく知っている。谷川さんの「喪主挨拶」は、むろん、紋切型ではない。しかし、勲章も従三位も業績も、公的な側面のすべては捨象され、息子から見た父親の《自分本位を貫いた》《幸運にかつ幸福に天寿を全うした》一生が、淡々と語られている。

この散文をなかにはさんで、次の結部である第四部は、夢のなかで父親と再会する場面が写しだされている。《黒い着物に羽織を着た六十代ころの父》が、《手ぬぐいかけにかかっている手ぬぐいで手を拭いている》姿と、二言、三言のことばをかわすだけの出会いだ。しかも、《父はもう死んでいるのだと気づいて夢の中で胸がいっぱいになって泣いた》が、《目がさめてもほんとうに泣いたのかどうかは分からなかった。》のである。悲しみのなかにあって、悲しみの感情に溺れることを防ぐことに紋切型の効用があるとすれば、紋切型を使わない詩が、安っぽい感傷や感動を読者に強要しない手だては、そのことの自覚以外にないだろう。《詩は人にひそむ抒情を煽る》のだ。《ほとんど厚顔無恥と言っていいほどに》(「夕焼け」)という自覚。

「父の死」があらわにしているものは、《世間知らず》をパフォーマンスすることを宿命づけられている詩の姿ではないのか。いや、詩ではなく詩人と言ってもいいのだが、この詩人の顔は目も鼻もないのっぺらぼうなのだ。やはり、この詩集に収められている「のっぺらぼう」という作品のように、しかし、《のっぺらぼう》になった詩人について見たいなら、「のっぺらぼう」という作品よりも、「北軽井沢日録」の方がよい。この《日録》を仮装して書かれている組詩から、わたしたちはどんな詩人の像を得ることができるだろうか。おそらくそこから、一つの人格や思想、読む者の生きる指針になるような、なにほどかのメッセージを受けとることはできないだろう。ことばがことばを、連想が連想を産んでゆくような自動機械が動いている。ただ、その機械は無機質なものではなくて、退屈に耐えたり、苦しみに吐息をついたり、一瞬の甘美な快楽に熱を帯びたりしているところ、つまり、せいいっぱいことばがパフォーマンスするように作動しているところが異色であろう。

「おれの曲に拍手する奴らを機銃掃射で
ひとり残らずぶっ殺してやりたい」と酔っぱらって作曲家は言うのだ

彼の甘美な旋律の余韻のうちに息絶える幸せな聴衆は
決して彼を理解しないだろう

だがぼくには分かる
自分が生み出したものの無意味に耐えるために
暴力の幻に頼ろうとする彼の気持ちが

ぼくらが創造と破壊の区別のつかない時代に生きているということが

（「北軽井沢日録」（八月十四日））

詩人の顔の〈のっぺらぼう〉はどこから来るのか。それは自分のことばに意味を与えられないからだ。その無意味は、ただ、人々の視線に耐えられることばのパフォーマンスにすべてをさらそうとする。自分の曲に拍手する奴らを機銃掃射でぶっ殺す、というこの作曲家は詩人でもあろう。しかし、彼の《甘美な旋律》、快楽的なパフォーマンスは、人々を酔わせる。陶酔した奴をぶっ殺したとたんに、無意味は有意味化してしまうのだ。拍手する奴に悪意を抱きながら、無意味なそれ故に魅惑的なパフォーマンスを続けるほかない。そして、その《暴力の幻》にことばがすがろうとする間は、そこからわけのわからぬ妖気のようなものが、発生せざるをえないのだ。

（「現代詩手帖」一九九三年七月号）

漂流することばの現在

——詩集『minimal』について

なんという恩寵
人は
死ねる

そしてという
接続詞だけを
残して

（「そして」後半二連）

谷川俊太郎の連作の新詩集『minimal』のなかの一篇より、印象的な詩句を引いた。《老いた舌／痒い皮膚／ゆらぐカラダ∥口は／水を含んで／なお乾く》（「水」）という詩句もある。日常の意識の中に瞬間的に影を射す死や老いを、すべての装飾的な観念を脱いだ詩意識がとらえている。

彼は一九三一年生まれであるから、現在、七十歳を越えている。現代詩は夭折に彩られてきた。そこにおいて、五十年以上、詩を書き続けるとはどういうことなのか、という問いは成り立ちようがなかった。十代の終わりから書き始めたとしても、七十歳以上は生きなければならないからだ。金子光晴、西脇順三郎が晩年まで詩を書き続ける頃から、この問いが意味をもち始めた。しかし、戦後詩において、黒田三郎、鮎川信夫はもとより、北村太郎さえもこのラインに届かない。「荒地」の詩人で、それを越えたのは田村隆一、「列島」では長谷川龍生、それぞれ一人ではないか。これは短歌や俳句の世界に比べて、定型を持たない近代や現代の詩人の生が、どういうものだったかを暗示しているだろう。

繰り返せば、五十年以上、詩を書き続けるとはどういうことなのか。本当にこの問いが意味をもち始めるのは、大岡信、入沢康夫、飯島耕一、谷川俊太郎らの世代の詩人からである。もっとも多くの読者にとっては、作品だけが問題であるから、二十代に書かれようと、八十代の詩であろうと、自分が欲する詩、好きな詩であれば、それを書いた詩人の年齢など関係ない。文学の時間は直線ではないから、若い読者が自分と同世代の詩に共感するかどうかは、そう単純には決められない。《詩は青春の文学だなんて後進国の嘘っ八だ》と述べたのは誰だったか。《目がかすみ／耳が遠くなり／口からヨダレがたれてこなかったら／詩は生れない》と書いたのは誰だったか。

もとより、書き手にとっては、いま、自分がどういう詩を書くのか（書かないのか）、書けるのか（書けないのか）が、年齢、世代にかかわらず、常に問題である。四十年、五十年も詩を書いてくれば、何をその上に積み重ねるのか、あるいは削ぎ落とすのかが、肉体や意志力の衰えとともに課題にならざるをえないだろう。しかも、特に冷戦終結以後の、むしろ戦争を欲望する無意識の肥大、予測のつかない社会の転変の激しさが、感受性に及ぼす力は大きいし、ワンパターンによる想像力の枯渇を恐れるなら、詩のモティーフもスタイルも非決定に置かれざるをえない。

この縦と横、内と外の絶えざる強迫に耐えられなければ、不感症になって書き続けるか、沈黙するほかない。いつの時代だって不感症の詩はあるし、詩人はいる。そんなものはほっとけばよいだろう。すぐれて書き続けることと、大きな意味を含んだ沈黙の、どちらに価値があるのか。これも愚問だ。そんなことは誰も決められないからだ。詩を書く個人的理由がないのと同じように、書かない個人的理由もない。わたしたちはことばでは容易に説明しがたい、詩を抑圧する内外の強迫に逆らい、遙かな遠い声や経験内部の声に従って詩を書いている。もちろん、内的な欲求があっても書かないでいることもできる。それらすべては、己れを越えたものの作用、浸食にまかせるほかない、いや、まかせるほかない、と言っていいのかもほんとうは分からない。

これに問いを重ねれば、谷川俊太郎に沈黙はあったのか。詩集『世間知ラズ』が刊行されたのは、一九九三年の五月である。これ以後、彼は詩を書いていない、ということになっている。本当に一篇も書いていないのか。書いていない振りをしているだけなのではないか。谷川俊太郎が、実際に書いていないと言っていたとしても、話半分に聞いておいた方がいい、というのが彼の詩を長い間、リアル・タイムで読んできたわたしの谷川観であった。それに詩を書いてないはずの彼は、この間に『詩ってなんだろう』という詩集？を出している。むろん、これは一般的に言えば、谷川自身のそれも含んだ詩のアンソロジーである。しかし、彼はそれを否定して、「あとがき」で次のように書いている。

私は一介の実作者にすぎませんが、長いあいだ詩にかかわってきた経験を通して、自分なりのおおざっぱな詩の見取り図を書けるのではないかと思いました。ですからこれはいわゆるアンソロジーとはちょっと違います。私は自分の考え方の道筋にそって詩を集め、選び、配列し、詩とは何かを考えるおおもとのところをとらえたいと願ったのです。（「あとがき」）

詩のアンソロジーと言えば、たいていは名詩集成である。たしかにここにも島崎藤村、北原白秋、萩原朔太郎、高村光太郎、三好達治、中原中也など、近代詩のアンソロジーに必ず入る常連の詩人の名前も見える。しかし、何かが決定的に違っている。それはこども向きということでもなければ、こどもから大人までの誰が読んでも分かりやすく、また、楽しめる詩の選択と配慮が働いているということでもない。ことば遊びの要素を基底にした、それも見易い特色だが、もっと決定的なのは、彼の発想が、いわば詩のカタログになっている、ということである。かつての「日本語のカタログ」と同じ態度がそこにある。だからいわゆる詩作品だけでなく、「いろはかるた」が入っていたり、『世界のなぞなぞ』からの引用があったりする。

アンソロジーとカタログはどこが違うのか。それはアンソロジーが、詩に対する歴史的に形成された価値認識を基準にして編まれるのに対して、カタログはそれぞれの詩がもっている時間を、空間化して集められる所にあるだろう。そこにあるのは歴史的な詩についての価値観による序列化ではなく、詩人の好奇心、固有の感覚の働きによる、詩のむしろ並列化である。これを読んだ誰もが、間違ってもそれらの詩篇、あるいは詩片、ことば遊びうたを名詩とは受け取らないだろう。価値の体系を無視する、この調子の低さこそが谷川俊太郎の真骨頂なのだ（誤解を避けるために言っておけば、わたしは別にアンソロジーを否定して、カタログを称揚しているわけではない。アンソロジーがどんなに権威的に、抑圧的に、あるいは党派的な偏見で編まれていようと、詩はそれを笑っている。その詩の笑いが信じられるなら、どんなアンソロジーも必ず内的に更新されてしまうのだ。カタログもその笑いの一つである)。

谷川俊太郎の無類の好奇心で作られた網が、ことばや詩の海へ投げられる。そこで引き絞られた網の中に入っているのは、自分と血縁が感じられる詩である。彼自身のことばを借りれば、《私は自分の考え方の道筋に》そった、ことばの動きをしている詩を集めた、ということになる。「日本語のカタログ」が彼の詩であり、詩集であるならば、『詩ってなんだろう』もまたそうである、といってもいい。彼は自分ではない自分が、どこか知らないところで書いた詩を、見付けて驚いたり、拾い集めて楽しんだりするように、これを編んでいる。ただ、その好奇心は、名詩集成に結晶するような、詩の公的価値やそれを仮装した糞真面目な思い込みの序列化に対する、どこかで悪意に変わってはいないか。あるいは子どものいたずらに似た、肉体の底に潜むような邪悪さが、好奇心や笑いや楽しみに変わっているのではないか。

『詩ってなんだろう』は、彼の詩集ではないにしても、それと見分けがつかないほど近接した詩的行為である。こういうことをする谷川俊太郎が詩を書いていない、と言えるかどうか。だから、わたしは彼が詩を書かなくなっているらしいということは了解していたが、それが意志的な選択であるかどうかについては、まったく関心をもってこなかった。従って、書かない理由について、推測するはずもなかった。もし、書いていなかったとしても、五十年にわたって、ほぼ切れ目なしに書いてきたのだから、〈休息〉しているぐらいに軽く受け取っておけばいい、と思っていたのである。ここにどのぐらいの錯誤があったのか、なかったのか。

しかし、わたしがこの自分のいいかげんな態度に反省を強いられたのは、先の「現代詩手帖」(二〇〇二年五月号)の特集「いまこそ谷川俊太郎」で、三浦雅士、瀬尾育生とわたしの三人で鼎談をした時である。そこで瀬尾育生は、谷川俊太郎が書かないという選択が不可避になったのは、《湾岸戦争の時の稲川さんとの対談じゃないかな》と言っている。この鋭さに比べれば、わたしの反応はいかにも鈍いので、彼が苛立ちを隠さず、わたしの〈休息〉観を否定したのはもっともであった。ただ、稲川方人との対談(「ディスコミュニケーションをめぐって」、「現代詩手帖」一九九一年七月号)の時点で言えば、これ以後、すぐに書かなくなったわけではない。すくなくとも一九九五年あたりまで、谷川俊太郎はかなり沢山の詩を書いている。それらは『世間知ラズ』(一九九三年)『モーツァルトを聴く人』(一九九五年)『真っ白でいるよりも』(一九九五年)、その他の詩集に収録されている(「補記」参照)。

だから、事実誤認ということも含めて、瀬尾育生の考えも、一つの見方にすぎない、と思う。先の鼎談でわたしが鈍い反応しかできなかったのは、いつから書かなくなったのか、という事実関係は別にしても、谷川俊太郎の見えない、したたかな悪意が、稲川方人との対談の争点——それ自体はおもしろい幾つかのテーマを持っているが、それにいまは触れる余裕がない——などで追い詰められたとは、到底思えなかったからである。今度、読み直してみて、そのかつてのわたしの印象を変更する必要が、まったくないことを確認した。

先の「現代詩手帖」(二〇〇二年五月号)の特集のエッセイで佐々木幹郎は、谷川俊太郎から直接聞いたことを根拠にして、詩をやめることにつながったのは、佐野洋子との離婚だった、と瀬尾とはまったく異なる見方を述べている。佐野洋子の大きな影響は、詩集『女に』に深々と表れているから、これも十分納得できる推定である。しかし、分からない。わたしが鈍いから分からないのか。一人の卓越した詩人が詩を書かなくなる（書けなくなる）ことに、そんな一義的な明瞭な理由がある、と思えないから分からないのか。

それはともかく、先の特集号に新作「minimal」十篇が発表されている。これによって、谷川俊太郎は詩作を再開したことになる。これに続いて七月号まで、毎号十篇、計三十篇の作品が発表された。冒頭の詩は「襤褸」であるが、この久しぶりに詩を書く手の向こうに、はっきり自分の詩を待ち望んでいる読者が意識されているだろう。

夜明け前に
詩が
来た

むさくるしい
言葉を
まとって

恵むものは
なにもない
恵まれるだけ

綻びから
ちらっと見えた
裸身を

またしても
私の繕う
襤褸

（「襤褸」）

ウソだろう。《夜明け前に》だなんて。田村隆一だったら、正午に詩が来た、と書くにちがいない。むろん、ここは事実のレベルで詩が来たことが語られているのではない。しばしの休息のあるいは眠りの後の詩の訪れを語るのだから、詩人は読者の期待の眼差しに射し貫かれて、夜明け前の時間を設定せざるをえない。しかも、詩はむさくるしい、ぼろぼろのことばの衣服をまとって現われねばならぬのだ。夜を彷徨ってきたのだから。それにふさわしく、できるだけ貧相に、低い調子で語られる。ことばは決して天上のものではない。しかし、ことばの綻びから見える詩（ポエジー）は、この世ならぬ秘密の官能、神秘の裸身のままでなければならぬ。この詩人にとってポエジーへの言及は、これまでことばと相反することでみずからを露出する形をとっていた。ここでポエジーはちらっと見えただけなのだ。すぐに繕われてしまう。

この詩人のことばのパフォーマンスは観念からくるものではない。それは長い詩作の道筋のなかで、肉体化されたことばそのものだから、衰えることはない。しかし、こんな影絵のようなパフォーマンスもありうるのだ。これは衰弱ということなのか。この小論の冒頭でも触れたように、これまでの詩に比べて、極端に短く、断片化されているが、それが意志されたものだとしたら、どう考えたらよいのか。

形の上で、誰もが一九六八年に刊行された、香月泰男との詩画集『旅』の詩篇を思い起こすだろう。あれはすべてが短い四連（ソネット風）の詩だった。それにことばや詩への言及が多いことにも類似性がある。とすれば三十数年前の試みの自己模倣なのか。一人の詩人の表現史、しかも、四十年、五十年を越える詩人の詩作に、自己模倣が現われたり、衰弱が現われても不思議ではない、という通俗的なことが言いたいのではない。詩や芸術における個人の歩みが、進歩や発展の相で語られることの虚妄を言いたいにすぎない。これまでも谷川俊太郎の詩が顕にしてきたものも、変容であり、多面体であった。しかも、その進行は直線的ではない。まったく対称的な試行の併存であり、同時に無数の楕円的な転回としてあった。

『minimal』は短さという点で、確かに『旅』詩篇と似ているが、しかし、短いとか断章的という性格なら、この詩人の初期からの詩の一貫した特徴でもある。詩集という単位だけで見ても、『旅』以前に『六十二のソネット』（一九五三年）、『落首九十九』（一九六四年）がある。『旅』以後では、『ことばあそびうた』（一九七三年）『わらべうた』（一九八一年）『スーパーマンその他大勢』（一九八三年）『詩めくり』（一九八四年）『よしなしうた』（一九八五年）『女に』（一九九一年）など、これらのさまざまな性格の詩集は、それ自体がソネット形式、短さ、断章性というコンセプトでできている。もとより、他の詩集にも短詩、アフォリズム、断章的な詩が遍在していることは言うまでもない。すぐれて構築的な詩や長編詩もないわけではないが、絶えず、繰り返される特徴はこの短さ、断章性である。

それは谷川俊太郎がマスコミ、あるいはジャーナリズムの中の詩を引き受けた時に強いられ、強いられたことを逆手にとって戦略とした方法であろう。むろん、それが彼の資質と合わなければ、これを生得の形式のように自在に高度に使いこなすことはできないだろう。そのことによって、彼は現代詩とは無縁な多数の〈普通の読者〉を獲得していったのだ。〈普通の読者〉などいない、というのは観念的である。戦後の現代詩など読まなくても（辟易しても）、他の文芸と同じように、詩も読みたいと思っている〈普通の読者〉はいる。また、普段は詩を読むわけではないが、知的な思想的な関心で、現代詩に強い関心をもっている読者もいる。彼らと現代詩という狭いサークルの中にいる読者は、それぞれの周辺で溶け合ったり、移行し合ったりしており、そのマージナルな領域を、常に活性化してきた詩人こそが、谷川俊太郎だった。

さて、論点を戻して、『minimal』が『旅』の自己模倣だという言い方をするなら、そもそも『旅』そのものが、形の上では『六十二のソネット』の自己模倣だということになる。むろん、そんな言い方が成り立たないのは、この詩人が絶えず前に返りながら、楕円を描いて別の道に逸れていくからである。それに『旅』詩篇と比べると、一層、具象的なことばが削ぎ落とされ、一行の長さも極端に短くなっている。同じ問いをもう一度繰り返せば、これは詩の衰弱であろうか。もし、そうだとしても、それは自然的なものではなく、自然に老いていく身体を媒介にした、意志的なあるいは方法的なものだろう。もし、自然的なものなら、むしろ、修辞的な類型表現にまといつかれるだろう。ことばを単に極小の物質に化そうとする意志が、『minimal』という題名に託されているように見える。いわば沈黙という海のなかに漂うことばの破片、断章である。この点で、三十数年を隔てた『旅』とは、あざやかな対照を見せている。それは両方から任意の一篇、たとえば『旅』から「鳥羽6」、『minimal』から「手足」を引いてみれば明らかだ。

海という
この一語にさえいつわりは在る
けれどなおも私は云いつのる
嵐の前の立ち騒ぐ浪にむかって

海よ………
そうして私が絶句した
そのあとのくらがりに　妻よ
お前の陽に灼けた腕を伸ばせ
何の喩も要らぬお前のからだ
口が口を封じる
匂いのないすべる汗
だが人は呻く
呻きは既に喃語へと変る

熱い耳に海よりも間近に
寄る辺ない
今日だが
手がある

（「鳥羽6」）

足もそして
肩も
顔さえ

言葉を発し
言葉を
胸に収め

食べ終えた
皿をあいだに
誰かと笑う

（「手足」）

この二篇の間にある、恐ろしいほどの落差は何なのか。「鳥羽6」のことばがもっている官能的な快さ。〈海〉がことばであるかぎり、それは偽りの表象にすぎない。〈海〉そして、《嵐の前の立ち騒ぐ浪》は、もとより、眼の前の？海を指示するし、波立つエロスの身体として横たわる女（妻）のメタファーでもあり、自然の象徴でもあり、ことばを拒否する物質性の喩でもあろう。詩は多義的なことばのもつ偽りの本質を拒否しながら、それ自体を作品の骨格として成立している。《海よ》と呼び掛け、なぜ絶句するのか。それは〈私〉が《陽に灼けた腕》、《何の喩も要らぬお前のからだ》、《すべる汗》、そして《喃語》、《熱い耳》と変幻する〈海〉と交わらねばならぬからである。『旅』詩篇において、《言葉の不正》や《美辞麗句》は拒否されながら、あるいは拒否するというレトリックを通して出現しているのである。

しかし、「手足」において、あるいは『minimal』詩篇において、《言葉の不正》や《美辞麗句》は、決して拒否されることもなく、従って出現することもない。一筋の藁のような、枯れた木片のような、手や足や顔ということばが寄る辺なく漂っている。ここで谷川俊太郎二十二歳の時の詩集『六十二のソネット』の巻末「62」番の作品を思い起すのもいいだろう。そこでは《世界が私を愛してくれるので／（むごい仕方でまた時に／やさしい仕方で）／私はいつまでも孤りでいられる》とうたわれた。世界の愛が信じられたところで、孤独は幸福に満たされている。《やがて世界の豊かさそのものとなるために》《空に樹にひとに》自分を投げかけることもできた。確かなことは、若年に信じられた、この女の身体のような《豊かな世界》が、ぼろぼろに朽ちてしまった、ということだ。しかも、ここには絶望も孤独もない。意志された明るい放心があるだけだろう。それをよく示している作品に「ふふふ」がある。

お魚を産んだわ
と女が言う
すぐ海へ放したと

ふふふと含み笑いして
私は街の中
ヒトがヒトにうんざりしている

これから何をしようか
死んだ友だちに
会いに行こうか

何も分かっていない
何も知らない私は
ひとまず文庫本を開くが

いい天気だということしか
心に
浮かばない

（「ふふふ」）

この詩人は九〇年代の後半の数年、よく見える形では詩を書かなかった。それをわたしのいいかげんさが〈休息〉と感じていたことは先にも書いた。しかし、やはり、それは〈休息〉だったのではないか。ただその〈休息〉の底にクライシス（危機、岐路）があった。一時的にせよ、世界や物象への愛を失った、ということである。それが明るい放心として語られだしたのではないか。この作品では《ふふふ》という含み笑いがくせものだ。《何も分かっていない／何も知らない》位置の低さに置かれた〈私〉のクライシスが、明るい放心として表されている。《ふふふ》はそこから漏れてくる含み笑いだろう。それはあのカタログの発想が持っている笑いにも通じている。また繰り返して言っておけば、それは老いる身体の自然に任せた放心ではない。意志された放心なのである。そこに生まれる笑いに批評というものがあるのではないか。貧しさと差し違えるような批評が。

明るさに
盲い
心は空っぽ

額に疵
頬にかさぶた
腕に刺青

背にかつて
愛だったものを
負って

（「真昼」後半の三連）

幼児の
掌上で
恍惚として

転がり落ちる
無恥へ
……無へ

（「小石」最後の二連）

ヒトとは、〈私〉とは、何と滑稽な存在だろう。笑えるが笑えない。笑えないが笑える。それは、『対詩』（一九八三年）のなかの作品　「からっぽ」のようだからだ。そこでは《からっぽの口に何入れようか／おしゃぶり　尺八　阿片の煙管／泥水　キャビア　散弾銃》とうたわれている。この「からっぽ」がことばのパフォーマンスであるように、これらの詩の明るい放心も、幼児の掌上で恍惚として無恥へ転落する、小石のような卑小さも、やはり、この詩人にとっては、ことばで演じられるパフォーマンスであろう。なぜなら、これらの笑えない笑いを笑うことばには、痩せても枯れても、谷川俊太郎の詩の運命に関心を持つ、多くの読者の眼が意識されているからだ。もとよりこんな詩人に、安っぽい絶望や孤独が訪れるわけがない。そこに宿る悲壮な、あるいはヒロイックな心情には笑いが欠けているからだ。

書かなくてもいいのに
こうして
書いて

（「こうして」第一連）

この引用の巻末の詩のように、《ひとりのヒトに／話すかわりに／書いて》《岬へと／つづく／踏みつけた道》へ行く、その道のクライシスが、単に詩の危機ではなく、岐路でもあるとすれば、ここからまったく予想のつかない別の変身、ことばのパフォーマンスが生まれてきても不思議ではない。これまでもこの人の試行が単線であったことはなかった。しかし、未来の詩は誰も占うことはできない、というだけだ。

（「現代詩手帖」二〇〇二年十月号）

【補記】

詩集『モーツァルトを聴く人』と『クレーの天使』について

谷川俊太郎が一九九〇年代の中ごろから数年間、少なくとも読者によく見える形では詩を書かなくなったことを、どう考えるかについて、このエッセイでわたしは自分の〈休息〉観も含めて、断定的な物の言い方を避けている。それはこれを書いた後もずっと変わらないわたしの態度だが、その時に気づかなかった幾つかのことが後になって分かったので、ここに補っておきたい。詩を書いていなかった時期を〈沈黙〉と呼ぶとして、一つはその直前の一九九五年一月一日刊の詩集『モーツァルトを聴く人』を、よく読んでいなかったことにかかわっている。だから、これについてまったく触れていないが、いまは繰り返し読んで、これはおそらくこの詩人の『二十億光年の孤独』(一九五二年)、『六十二のソネット』(一九五三年)、『旅』(一九六八年)、『ことばあそびうた』(一九七三年)、『定義』(一九七五年)、『コカコーラ・レッスン』(一九八〇年)、『世間知ラズ』(一九九三年)と並ぶ代表詩集の一冊であることを疑っていない。それだけでなく、いまのわたしにいちばん親近感のある詩集だった。この詩集の冒頭の作品「そよかぜ　墓場　ダルシマー」にこんな部分がある。

一所懸命生きて自分勝手に幸福だった
ぼくには人の苦しみに共感する能力が欠けていた
モーツァルトを聴きながら年をとった
ぼくはマルクスもドストエフスキーも読まずに
だがいまだにこんなふうにして「何か」を書いていいのだろうか
ぼくは若かったから
そのときはそれでよかった

(「そよかぜ　墓場　ダルシマー」第二連)

わたしは彼とは反対にマルクスやドストエフスキー読んで過ごした時期が長いが、《人の苦しみに共感する能力》などまるで育たなかった。モーツァルトも聴かずに、わたしは一所懸命生きたかも知れないが、まるで自分勝手なことをしてきた、と思う。それでこの詩句に共感しているのではない。わたしは谷川さんにそんな能力が欠けているなどと思ったことはないが、そのように自己像を眺める視線に親近感が湧くのである。

この自分に向ける疑いという点で、『モーツァルトを聴く人』の「あとがき」も心に残った。まず、ここに収めた詩のほとんどが、前詩集『世間知ラズ』と平行して書いたものであることを明らかにして、《音楽に憧れながら詩を書いてきた私には、詩に対する疑問と音楽に対する疑問が、そのまま自分という人間に対する疑問に結びついている。その点で本集と前集は兄弟分みたいなものだろうと思う。》と述べられている。この〈兄弟分〉にびっくりしたのは、刊行時期がずれていることもあって、そんな関係で二つの詩集を見てこなかったからである。谷川俊太郎はいつも一人ではない。複数であり、複線である。性格の異なる語り手を擁している、『世間知ラズ』と『モーツァルトを聴く人』を合わせ読む視点が必要だろう。

それはまた、詩を書かない、と宣言する〈表〉の谷川俊太郎もいれば、詩を書いている〈裏〉の谷川俊太郎もいる、ということでもある。この〈表裏〉というのは、あくまで比喩的な意味で使っているのだが、わたしがこの『minimal』を論じた時点で気づかなかった、一冊の詩（画）集『クレーの天使』を無視するわけにはいかない。これが実は沈黙していたはずの二〇〇〇年十月十二日に刊行されているからだ。同じような試みで、もう一冊『クレーの絵本』という詩（画）集があり、これは一九九五年十月十二日刊だから、『クレーの天使』の方は、それ以後の九五、六年から二〇〇〇年にかけて書かれたことになるだろう。収録の作品は十八篇と少ないけれども、その間、作品活動がまったく停止されていたわけではない。この詩集の存在がそのことを示している。

この詩集に収められている作品は、クレーの描いた天使たちを主題にするという仮装のもとで、多くは（男女の）愛のドラマ、それによる心の疵をうたっている。その痛切な響きを奏でる抒情の言語に、この期間に詩人が経験していたと思われる内的なドラマをうかがうこともできる、と思う。『minimal』のことばと強い連続性をもっているので、一篇だけ、引いておこう。

うえて
かわいて
しにかけて

よこたわるひとりのおんな
やけつくたいようのもと
どこまでもつづくすなのうえ

かたわらに
うつくしいいきもの
かつててんしだったもの

はねはぬけおち
やさしさをつかいはたし

めだけをおおきくみひらいて

うえて
かわいて
しにかけて

ひとのつみにあえいでいる

（「現世での最後の一歩」）

この詩が湛えている孤独は、わたし（たち）の理解のことばを拒絶する。わたしはクレーの描く「醜い天使」や「哀れな天使」の絵を見るように、ただ、感じていればよいのかも知れない。しかし、この詩集の「あとがき」風の文章「天使という生きもの」で、作者が書いている次の部分を、わたし（たち）の理解のいわば例えのように、引用することは許されるだろう。むろん、作者はこの作品の注解としてではなく、特に関係なく書いているのである。

あるひとがあるとき、私にむかって「あなたは天使だ」と言った。その同じひとがまたほかのとき、「あなたは悪魔だ」と言った。その言葉に矛盾はないと私は思う。同じ一人の人間が天使にもなれるし悪魔にもなれる。むしろこう言うほうがいいかもしれない、もし人が人間を離れて天使になったら、そこには必ず悪魔がひそんでいると。

（「天使という生きもの」）

Ⅲ

詩集『コカコーラ・レッスン』の世界

一、はじめに――〈未定稿〉という方法

谷川俊太郎の詩集『コカコーラ・レッスン』が出たのは、一九八〇年十月のことである。その時、一読してこれはこの詩人の最高の詩集ではないか、と思った。批評的な関心をそそられたのである。そこでその直後の時評の中で、二度ほど言及したり、谷川俊太郎詩集『朝のかたち』(角川文庫)の解説で部分的に論じたこともある。その後も、もう少し詩集の内部に踏み込んで論じたいと思いつつ、そのきっかけが見つけられないまま、今日まできてしまった。いったい詩人はこの詩集で何をしようとしたのか。長い間、わたしの胸の中にわだかまっていたこと。すなわち、それは先に〈最高の詩集〉と言ってしまったが、本当は高いとか低いという見方、どことなくわたしたちのなかで出来てしまっている詩の概念、評価の基準を、これが拒んでいる、あるいは疑っているということにかかわっている。そうでなければ、「未定稿」などというパートは成り立ちようがない。

「未定稿」は序文のような部分と、四篇の作品からできている。それらは「未定稿」のパートに入っ

ているので、そういう性質の作品と思ってしまうが、よく読んでみれば、他のパートの作品と比べて、これらを内在的に未定稿と呼ばねばならぬ理由はない。その中の一篇「日本国国歌」などは、詩としての実験性が高いと言えば、そう言えないこともない。《君が代は千代に八千代に……》の国歌を、《キミカ／ヨハチ／ヨニ／ヤチ／ヨニサ……》というように、カタカナ書きにし、濁点を取り、そして、恣意的に行かえする。あるいは《でまずむの／げごでりなどを／わいのじいれ／ざざによぢやに／よぢばよがみぎ》というように、「君が代」を後から逆さまに表記し、濁りのつくカ行、サ行、タ行、ハ行にはすべて濁音を打ち、五七調の短歌的な韻律で行かえしている。

まだ、他にも国歌をパロディー化したり、いくつかの試みがなされているが、こういうものに完成というものはないのだから、そもそも定稿も未定稿もないはずである。国歌を冒瀆しているという人がいるかも知れないが、それよりも、ことば遊びの対象にすることで、無意味（ナンセンス）化している、と言った方がいいだろう。いわばことば遊び、ナンセンスの方法を通じて、詩とは何かの問いに触れようとしているわけで、こうした試みを「未定稿」と呼ぶとしたら、この詩集のすべての作品は、未定稿と言わなければならなくなる。詩人はこのパートの序文めいたところで、次のように語っている。

少しでもものになりそうな未定稿をかき集めてそれに「未定稿」という題名をつけてみるというようなことまで私のあたまは考え始める。おのれの裸をさらしてみる、おのれの書くという行動の現場をとどめてみるなどと言えばきこえはいいが、私は決して手の内を見せているわけではない。追いつめられてしているのではなく、反対に詩というとらえがたいものを追いつめるこれもひとつの手だてなのだと、ぬけぬけと言えるほどには私も方法というものを意識している。（「未定稿」）

ここで述べられていることから、作者の意図を透かしてみれば、要するに「未定稿」と名付けられたから、そう呼ばれる作品群が存在するに過ぎないのである。では、なぜ、未定稿と名付けられねばならなかったのか。それは未定稿という在り方の内に、詩と非詩のせめぎあい、あるいは詩と非詩があいまいに、時に生き生きと、時に死に瀕して通い合う回路というものが想定できるからだろう。未定稿というのも、《詩というとらえがたいものを追いつめる》一つの方法であって、裸の自分を見せるものではない。この詩人にとっては裸も衣裳の一つであり、あるい衣裳も無数の裸の一つに過ぎないのであり、詩人の身体はさまざまな衣裳、あるいは意匠としてのことばが交差する場所以外の何ものでもない。決して一筋縄ではいかない、強固な方法意識がここでも語られている。

わたしが初めに思わず口にしてしまった、最高の詩集などと言うと、『コカコーラ・レッスン』という、軽い響きのする題名に躓くことになる。しかし、このアメリカ資本主義を象徴するかのような〈コカコーラ〉に〈レッスン〉を結びつける、平俗な題名自体がすでに異様である。しかし、これはいかにもこの詩集の試み自体をよく暗示しているではないか。なぜなら、それはこの詩集が詩と非詩が豊かに、そして激烈に交差する、さまざまな入口と出口をもち、伝統的な美意識や抒情性に馴らされない、現代的で、しかも野性的な（人を食った）言語の凹凸をよく作り出しているからである。どんな非詩の領域からも入ることができ、魅惑が退屈と隣り合っているような迷路や異質な層を彷徨ったあげくに、意外な詩への方向に抜け出ることもある。こんなに多層多方向多回路の試みを内包した詩集もめずらしい。というより、他に例を見ないのではないか。流動し溶解することばの世界、未知に触ろうとする感覚、変幻する〈私〉という語り手、聖俗高低を転倒する多様な詩の方法やことばの差異、それらに対する、飽くことのない好奇心、恐怖に似た愛着、詩的完成にも慣性にも向かわない自由競争のレッスン、そのとめどもなさに、わたしたちは思わずめまいを感じてしまう。

二、初めて言葉を知るという経験――「コカコーラ・レッスン」について

最初に、詩集のタイトルにもなった、「コカコーラ・レッスン」という散文詩を取り上げてみる。これは少年がことばを知るとはどういうことか、という内省を作品の入口にしている。単に日常的に使っているだけのことばはとるに足りない、と考えられている。その朝、突堤の先端にいた少年は、〈海〉ということばと〈ぼく〉ということばを、同時に頭の中に思い浮かべる。そのうちに妙なことが起こり、〈海〉ということばが、頭の中でどんどん大きくなり、目の前の海と溶け合って一つになってしまう。また、〈ぼく〉ということばはどんどん小さくなったけれども、消滅せず、逆に、輝きを増し、〈海〉のなかで、一個のプランクトンのように浮遊している、というのである。

少年はこの経験に納得する。海は海だということ、ぼくはぼくだということ。しかし、急に少年は恐ろしくなる。頭のなかをからっぽにしたい、ことばをひとつでも思い浮かべると、頭が爆発するんじゃないか、と思うからだ。たったひとつでもことばが頭を占領したら、それは世界中のあらゆることばと結びつき、自分が世界に呑み込まれてしまう。彼はたまたま手にしていたコカコーラの栓を抜こうとする。しかし、カンを見たとたん、無数のことばの群れが襲いかかってきたのである。

それはしかし必ずしも予期したようなおそろしい事態ではなかった。逃げちゃいけない、踏みと

どまるんだ、年上のずっと背丈の大きい少年相手の喧嘩のときと同じように、彼は恐怖をのりこえるただひとつの道を択んだ。赤と白に塗り分けられた手の中のカンは、言葉を放射し、言葉を吸引し、生あるもののように息をしていた。苦しいのか嬉しいのかもよく分らぬまま、彼は言葉の群に立ち向かった。渦巻くまがまがしい霧のように思えたその大群も、ひとつまたひとつと分断してゆけば、見慣れた漫画のページの上にある単語と変らないものだった。(「コカコーラ・レッスン」部分)

この戦いは悪夢のように一瞬の間に行なわれた。そして自分を呑み込もうとした得体の知れぬ未知のことばの総体が、一冊の辞書の幻影にまで収斂したとき、少年の戦いは終わっていた、という。コカコーラのカンは一瞬前までは化物だったのに、いまはからっぽのカンに還っていた。それは少年に踏み潰された、一個の〈燃えないゴミ〉に過ぎなかった。

この作品で〈海〉という単純なことばが内包している、前言語的な巨大な自然、その中に呑み込まれる小さいが、決してそれに還元してしまうことのない自己存在、そして、やはり、少年が手にしているありふれたコカコーラのカンも、未知の宇宙の生物のようなことばの総体と生きた関係にあること、そのことが理屈としてではなく、少年の一瞬の感覚的な経験として書かれている。ことばと物のせめぎあう関係が、言語の規範もそれからの逸脱もよく知らない、少年の感性という危ういフィールドを通して語られているところが、いかにも谷川ワールドらしい詩になっている。

三、中性的エロス——「〈何処〉」をめぐって

この詩集のなかでもっとも謎に満ちているのは、やはり、同じような散文詩型で書かれている

「(何処)」であろう。これはそれぞれ独立した「1空」と「2交合」の二つの作品から成っている。まず、「1空」では《目が覚めると全天が柘榴の実でおおわれていた。》の一文から始まっているが、光はその薄紫の果粒を透して地上に降り注いでいるのである。しかし、その燦然とした美しさは、現実そのものではない。言い換えれば、単に視覚でとらえられた光景ではなく、それを越えた神秘的な想像力の産物なのである。この作品では視覚を入口として、そこから天上的な神秘へと転移する、想像力の回路がとらえられているように見える。しかし、語り手は自由奔放に、あるいは超越的な想像の世界に、みずからを解き放とうとはしない。むしろ、想像の力を試しながら、その限界、不信を述べているところに、この詩、いや、むしろこの詩人の性格が浮き出ている。たとえば《近くの繁みから一羽の猿鳥が白褐色の長い尾を螺旋状にくねらせながら飛び立った》が、この〈猿鳥〉というのは、現実に実在する鳥なのだろうか。たぶん、それは想像上の鳥だと思うが、そんな風に呼ばれる鳥が現実にいたとしても、ここでは幻でしかない。猿鳥は天をおおう柘榴の実を啄ばもうとして上昇するが、《いくら上昇してもすぐそこにあるように見える柘榴に到達しない》のである。

……我々と柘榴との間には計測し難い、威厳に満ちた距離が介在しているらしく、とうとうしまいには、猿鳥は余りに高く上昇して、私の視力では捉えられなくなってしまった。それでも私はしばらくの間、見えない猿鳥を追っていた。そんな風にして自分の視覚の限界に気づくことは、いつも私に自分の感官の延長としての想像力の世界への不信をかき立てずにはおかない。私の視界を去ったのちの猿鳥について思いめぐらすことは、何かしら淫らで曖昧な感じがする。いかに想像をたくましうしたところで、いずれは言語の壁に阻まれるだけのことではないのか。

(「1空」部分)

むろん、ここでは視覚、それに基づく視力自体が、すでに肉眼のレベルではなくて、視えないものを視るフィクションの文脈に置かれている。いわば天の柘榴に向かって飛翔する猿鳥自体が、想像力の隠喩なのである。その上で、視覚の限界に対する認識が、想像力への不信となり、それはまた、言語の表現がもっている制約でもある、という考えが導かれている。語り手は野放図な想像力の解放も神秘的な世界への信仰をも拒んだ上で、しかし、想像力の働きを止めるわけではない。これはまた、欲望と禁欲を表裏の関係にしている、谷川俊太郎の詩の性格をもよく語っているだろう。

しかし、注意すべきなのは、想像力の限界を知った語り手に、遂に到達しえない無限の距離のなかにある、天の《柘榴の果粒が驟雨となって降って来》ることである。しかも、それは頭上で消えてしまう。果粒を失った天の柘榴は、急速に石化し、収縮していくほかない。想像力を通して何かを捉えようとする緊張は、その限界を知った結果、失墜の感覚に変るのである。そして、その失墜がどこか安堵の感情と重なるのはなぜだろう。わたしたちは先の引例のところで、《私の視界を去ったのちの猿鳥について思いめぐらすことは、何かしら淫らで曖昧な感じがする》ということばがあったことを思い起すべきだろう。ここには何かとても健康なものがある。しかし、それを想像に淫することとの危険から回復したことの安堵だ、と一義的に言えないのは、次に「2交合」という作品がきているからだ。

「2交合」では羊歯類との草木姦淫が扱われている。ということは《淫らで曖昧な》想像力が、そこで十分に発揮されているということである。猿鳥の飛翔、言い換えれば、この詩人の想像力は天上の柘榴にたどりつけなかった。それを逆に言えば、聖なる天上への不能を示しても、地上あるいは地下への想像の触手はどこまでも伸びていくと考えるべきだろう。「1空」と「2交合」は想像力の矢印の異なる対になった作品なのである。

ところで、語り手の〈私〉は、たとえようもなく孤独な羊歯の葉に手を触れる。以下はそれに続く部分である。

……指先から安らぎというしかない平明な感覚が伝わってきた。その感覚を失いたくないと思った。私は羊歯の葉に指先を触れたまま、あおむけに地面に横たわった。そのあたりに分厚く散り敷いている落葉と、それに接している私の衣服を通して、土壌のぬくみとしめりけが私の尻の皮膚に伝わってきた。指先からの感覚がその時、指先にとどまらずに、私の身体の奥深くへと流れ始めた。その流れは指先から肩を経て、咽喉へ至り、そこから脊髄に沿って下腹部へ達し、そこで渦巻くように淀んだのち、尻の皮膚を通って地面へと流れこんだ。

（「2交合」部分）

こうして指先で触れているだけでは我慢ができなくなった〈私〉は、裸になって羊歯の上におおいかぶさるのである。そうすることで〈私〉の中に流れこんだ、羊歯の欲望としか言いようのない生きものによって、〈私〉はめくるめくエクスタシーを感じる。自慰行為の隠喩とも読める、この羊歯類との交合のイメージは、しかし、少しも淫らではない。〈私〉は最後にこの異種の生命との性交によって、《胸の皮膚に不快なかゆみがひろがった》とも語るが、読む側には生理的な嫌悪感の印象はない。むしろ、いつまでも消えないのは、快楽も自己嫌悪も無化する、この中性的で透明なエロスの感覚の不思議な残像である。

ここでわたしが思い起すのは、萩原朔太郎のことである。朔太郎は草木姦淫の罪を犯して天罰を受けた、と告白しているからだ。

私は非常に奇怪なることに思ひました。その中に私は又インプス《ママママ》レーションに感じました。草木姦淫の天罰を目のあたりに受けたのに相違ないといふことを悟りました、病気は益々重くなります、それのみならず一種の変調な軽い発熱な《ママ》連続します、私ははつと思ひました、私は心底から神に許しを乞ひました、とんでもない犯罪を犯した（無意識に）といふことに気がつきました、人間の見るべからざるものを見たのみならず、それを姦淫したといふことに気がついたときには慄然としてふるえ《ママ》あがりました、殆んど生きた気持はしませんでした、

（「萩原栄次宛書簡」大正三年十二月十六日付）

これは長い書簡の中の告白の文章であり、作品ではないから、概念的な説明になっている。だから単純な比較は許されない。ただ、このモティーフが作品化されたら、時期を同じくする『月に吠える』のなかの「すえたる菊」のような詩になったのではないか。それは《その菊は醋え、／その菊はいたみしたたる、／あはれあれ霜つきはじめ、／わがぷらちなの手はしなへ、／するどく指をとがらして、／菊をつまむとねがふより、／その菊をばつむことなかれとて、／かがやく天の一方に、／菊は病み、／饐えたる菊はいたみたる。》（「すえたる菊」）のようにうたわれている。もとよりここで草木姦淫は直接に扱われてはいない。しかし、《すえたる菊》が性的な寓喩の対象になっていることは確かだから、その意味で先の書簡の記述とともに、これを「2交合」と比較してもいいだろう。

そこで気づくのは、同じ草木姦淫というような幻想的な異常性交をめぐる、両者の際立つ対照性である。すなわち朔太郎の快楽が苦痛にほかならないような病的な生理、暗い罪業の意識、ねとねとばりつくようなエロスの情感が、谷川の方にはまったくというほど見られない。代りに「2交合」には、むしろ安らぎと呼べるような生命感、先にも述べたような中性的なエロス、触感や触覚などの身体機能的な想像力の地上性という性格が浮き立っている。

四、表層の快感──「触感の研究」について

これに関連しておもしろいのは、〈さわる〉という同一モティーフによる連作「触感の研究」という作品があることだ。わたしは初めに、この詩集が多層多方向多回路の特質をもっている、と述べた。この連作詩篇などは、そうした性格の格好の見本である、と言ってもいい。たとえば触感をあらわす擬声語が語彙集のように並べられていたり、ゴムのような弾力性のある岩に触れている息苦しい夢の記述があったり、『世界大百科事典』から、〈適当刺激〉〈触点〉〈順応〉などの触覚関係の事項を説明する文章が引用されている。また、古語の〈撫物〉の語が使われている『源氏物語』の歌が引例されたり、その語意が古語辞典から引かれる。こうした引例の部分は、これより数年前の詩集『定義』(一九七五年)と重なる回路をもっている。

これらの試み全体に、何か子どもが顕微鏡でさまざまな〈触感〉の断片を、さまざまな角度や方法で覗いているような好奇心の動きが映しだされている。別の言い方をすれば、それぞれの断片がもつ表層への関心があるばかりで、それらを奥行をもった作品に仕立て上げる構成の意識がまったく欠けている。その意味でも、いわゆる既成の現代詩の概念や常識に合致しているパート(作品)は一つも

ない。しかし、このaからgまでの七つの非詩の組合せの全体が、未知に魅せられている詩的な試みであることは疑いようがない。なかでも特に興味深いのは、連作最後の七番目の作品「g朔太郎風のアフォリズム」である。

触《ふ》れるのは一の偶然である。ふとした好奇心が、一陣の風が我々をして、それに触れさせる。だが触れるのは触《さわ》ることへの文字通りの前触れに過ぎない。触ることにおいて、我々はおのが意志を発動させる。明瞭な探求への意志が、快楽への或いは未知への欲望が、我々を駆るだろう。触ることは障りの禁忌を恐れない、むしろ触りは障りを期待している。それの表面の質感のもつ抵抗こそが、我々の快感の源なのだ。その抵抗はなんと深く、そのものの内部に秘められた暗黒の熱と力とを我々に夢見させることか。

（「g朔太郎風のアフォリズム」）

近代の詩人で朔太郎ほど、多くのアフォリズムを書いた詩人はいない。そのアフォリズムの形式を借りたので《朔太郎風》と形容されたのだろうが、文体はまったく非朔太郎的である。なぜなら朔太郎のアフォリズムは、その時代特有の情緒をまとい、人生論風であり、寓話的であり、ノスタルジックな詠嘆に満ちているからだ。それに比べて、この詩人の文体は、そうした濡れた情感の一切を排して、表層への張り詰めた関心で書かれている。しかし、表層は単に深層の入口ではない。心より先に身体が感じてしまう、ということだ。触ることは、深層が秘めている《暗黒の熱と力》を解き放って、災いをもたらす障りになりかねないが、それでもわたしたちはその禁忌を恐れない。なぜなら、《それの表面の質感のもつ抵抗こそが、我々の快感の源》だからである。わたしたちは〈触らぬ神に祟りなし〉と思っているのに、触らないではいられないのである。

こうした触感や触覚というような身体表層への着目は、大岡信などの詩にも見られる。これは彼らより前の「荒地」派など、前世代の詩人にはない特質と見てよいだろう。谷川がこの「触感の研究」を書いたとき、むろん、すでに大岡信の「さわる」は発表されていた。この大岡のいまではよく知られた代表作が、発表されたのは詩誌「今日」（一九五七年三月）であり、作者はまだ二十六歳である。谷川がこれを意識せずに「触感の研究」を書いたとは思えない。一九六八年に谷川は「『大岡信詩集』書評」を書いている。そのなかで、大岡の詩を選んだ《私のアンソロジー》七篇のうちに、「さわる」もあげられているからだ。

わたしは単に大岡が谷川に与えた影響とか刺激、同時代性ということを言いたいのではない。二つの作品の間に、二十年余の時間が流れていることも無視できない。確かに触感をモティーフにするところに共通性はあるが、しかし、二人の詩に向かう態度は両極的である。そのことにかつても驚いたし、いま読み返しても眼を見張らざるをえないのである。大岡の「さわる」はこんな風に始まる。


さわる。

木目の汁にさわる。

女のはるかな曲線にさわる。

ビルディングの砂に住む乾きにさわる。

色情的な音楽ののどもとにさわる。

さわる。

さわることは見ることか　おとこよ。
さわる。
咽喉の乾きにさわるレモンの汁。
デモンの咽喉にさわって動かぬ憂鬱な智慧
熱い女の厚い部分にさわる冷えた指。
花　このわめいている　花。
さわる。

（「さわる」第一、二連）

この見事な詩でいちばん明瞭な特徴は、言うまでもなく《さわる》ということばが繰り返されることである。それは《さわる》ということばの意味だけではなく、それが作り出すリズムや響きにも作者が耳を澄まして書いている、ということだろう。もう一つの特徴は、《さわる》が繰り返されることによって、《さわる》行為の官能性とともに、《さわられるもの》の差異、多様性が見えてくるように構成されていることだ。この構成意識の強さにおいてこそ、触覚は直接的なものだけでなく、本来、身体感覚では触れられないメタフィジカルなもの、その領域まで伸びている。むしろ、触られるものの多くは、具体的な肉体やものではなく、間接化され、抽象化されたものだ。たとえばそれは女の身体ではなく、その《はるかな曲線》であり、《ビルディングの砂》ではなく、その《乾き》であり、楽器ではなく、《色情的な音楽ののどもと》であったりする。《デモンの咽喉》に触るのも《憂鬱な智慧》なのである。

大岡のこの複雑な構成の意識に対置される谷川の方法を言えば、それは列挙と引例であろう。たとえばその列挙法のもっとも極端なものは、「b擬声語」である。ここでは触感を仮装する《ふんわり／ぞりぞり／しゃっ／ぶすり／ぽきん／つるつる／ねちゃねちゃ／しこしこ……》などのオノマトペアが、ただ、並列されているに過ぎない。ここであらわになっているのは、むしろ、ことば（語）の音象性であり、そこではメタフィジカルな奥行も、それにともなう不安も、生まれようがない。大岡の「さわる」において、当然、触る行為も触られるものも抽象化されることによって、それがもつ感覚的な確からしさは消え、不安に変る。逆に言えば、この不安の中でこそ、触るという行為のもつ知覚や認識、想像や虚構でもある性格が浮き彫りになっている。大岡は終始《さわる》という行為に、メタフィジカルな構成的性格を与え、その抽象性が抱え込む不安を表現することで、詩というフォルムを完結させようとするのである。先に述べた、繰り返しを基調にした、ことばの音楽という強度も、この詩というフォルムを保証しているものだろう。

しかし、谷川がここでしていることは、あえて構成の意識を無化する事で、詩というフォルムに穴を開けたり、非詩への通路を作ったりすることだ。だから谷川の試みは単に触感の組合せ例であったり、ものとものとが触れ合う時に発するオノマトペアの列挙であったり、百科辞典からの引用であったり、散文的なアフォリズムであったりする。「触感の研究」とは、こうした詩と非詩がせめぎあう磁場なのだった。それはこの作品だけでなく、「Venus 計画」にも、そのものずばりの「未定稿」にも、日録風の退屈を仮構している「一日」にも、「写真展の印象」「新年会備忘」など、多くのいわば調子の低い作品に通じる性格であろう。もとより、ここで調子の低さということを、わたしは否定的に見ているのではない。それは非詩との通路を、方法的な強い圧力で仮構している作品という意味だからである。

五、侵食する母――「小母さん日記」について

「小母さん日記」はこれまで論じてきた作品とは、また、異質なことばの層をもった散文詩である。題名は小母さんについての〈ぼく〉の日記という意味だが、日録風に十三の断章で出来ていても、それぞれに日付けがあるわけではない。惚けが進んで少しずつ見えないところで壊れていく小母さんについての、さまざまな角度からの観察が、折りに触れて書かれている、そんな断章風のエッセイとして読まれてもおかしくない。

おなかがすくと小母さんは鍋の中のものを手でつまんで口へほうりこむ。三日つづけて風呂へ入るかと思うと、一月も入らないことがある。ぼろぼろになった半衿を誰かが盗んだと言って騒ぎだす。そのくせふとんの下にかくした株券のことはすっかり忘れている。小母さんがばらばらにこわれてゆく。だがその中にまたもうひとりの小母さんがいる。まるで子どものころに買ってもらった寄木細工の箱のようだ。箱の中に箱があり、その箱をあけるとまた箱があり、その箱の中にもっと小さな箱が入っている……かくしていたものを小母さんは次々とあらわにしてゆくが、箱とちがって小母さんはからっぽになることはない。どれがほんとうの小母さんかと問うのは愚かなことだ、矛盾と混乱こそが小母さんそのものだ。だが正直すぎるそんな小母さんが、ぼくはときどきひどく憎らしい。あばかれるのはぼく自身だから。

（「小母さん日記」部分）

小母さんはアルツハイマー病なのだろうか。引用前半は、物忘れがひどくなる痴呆の症状が書き留められている。後半は箱の例えによって、見知らぬもう一人の自分をあらわにしていく小母さんの姿が映し出されている。この小母さんは誰なのだろうか。通常、小母さんと呼べば、それは他人である年配の女性を意味する。しかし、ここで小母さんと〈ぼく〉の関係は尋常ではない。引用の最後のところでも《そんな小母さんが、ぼくはときどきひどく憎らしい。あばかれるのはぼく自身だから》とあるし、引用例とは別のところでも、《ぼくの手、ぼくの髪、ぼくの言葉、ぼくのうつろう意識、ぼくのと呼ぶことのできるものはすべて、小母さんのものと瓜ふたつだ。》という表現もある。小母さんと〈ぼく〉との関係は、切っても切れない緊迫した表現になっている。小母さんは詩人という存在の喩にすらなっている。

その理由は、小母さんと〈ぼく〉に、お母さんと詩人の関係が映し出されているからだろう。むろん、ここに実際の詩人の母のことが、そのまま書かれているわけではないし、虚構の意識が働いているのは当然だが、それよりも〈小母さん〉の呼称を使うことで、個人的な感情が排されている、と見るべきだろう。現実に対して、そのような距離を取ることで、逆に、小母さんが《ヴィールスのようにぼくを侵食する》危険な近さが表現できたのかも知れない。つまり、痴呆の母の内に、自分の姿を見る怖れは、小母さんと〈ぼく〉というフィクションの仕組みのなかでこそ、よりあらわになったのではないか。

この作品も『コカコーラ・レッスン』のなかの他の試みと同じように、フォルムとしての詩は少しも安定していない。平叙的な文体一つとってみても、詩は常に非詩に魅入られている。しかし、詩と非詩の関係のこの危うい均衡に、むしろ、わたしたちは詩を感じるのではないか。しかし、数年後、これと同じシチュエーションで、フォルムとして完璧な詩が書かれることにも注意すべきであろう。それが正津勉との共同制作の詩集『対詩』（一九八三年）に収められた「母を売りに」である。この名高い詩が、「小母さん日記」という非詩的なレッスンの上に成立していることを見るべきだろう。「母を売りに」は、全編が四行ずつ六連でできている。初めの二連は、母を背に負い、市場に売りに行くところから始まっている。第三連以下は次のようだ。

市場は子や孫たちで賑わい
空はのどかに曇り
値はつかず
冗談を交し合い

背で母は眠り込み
小水を洩らし
電車は高架を走り
まだ恋人たちも居て

使い古した宇宙服や
からっぽのカセット・テープ
僅かな野花も並ぶ市場へ

誰が買ってくれるのか

母を売りに行った
声は涸れ
足は萎え
母を売りに行った

（「母を売りに」第三、四、五、六連）

「小母さん日記」とどこがいちばん違うのか。それは「母を売りに」が、能や民間伝承で古くから知られる姥捨伝説や、近いところでは深沢七郎の小説「楢山節考」（一九五六年）、また、それとの関連をもっている寺山修司の短歌《大工町寺町米町仏町老母買ふ町あらずやつばめよ》《母を売る相談すすみゐるらしも土中の芋らふとる真夜中》（歌集『田園に死す』一九六五年、所収）などと響き交すところだろう。姥捨伝説が村落共同体の貧困や飢餓が生み出したものであるとすれば、谷川の「母を売りに」は、豊かな消費都市における、アルツハイマー病や老人介護の現実が背景になって書かれている。

しかし、子ども（息子）が老いた母を遺棄せざるをえない、という痛いモティーフの共通性において、わたしたちはこれを個人的な経験を越えた、普遍的な感情の現代的表現として受け取るのである。むろん、この〈母を売る〉というのは、イロニーであるが、同時に苦いユーモアも効いている。母と一体不離な関係にあることを怖れをもって見ている「小母さん日記」の叙述と対照すれば、〈母を売る〉行為が、いかに誇張されたニセの経験であるかは明らかである。しかし、それによって古来から受け継がれている、母に対する子のエディプス的な感情は、稀にみる哀切な詩的表現を獲得することになったのだ。

「小母さん日記」のバリエーションは、実はこれに止まらない。「母を売りに」より十二年後の詩集『モーツァルトを聴く人』（一九九五年）の中でも、三篇の作品が、母をモティーフにしている。ここではその中の一篇「ふたつのロンド」から、これまでに書いてきたことの註記のような意味をもつ、次の部分を引いておこう。

五分前に言ったことを忘れて同じことを何度でも繰り返す
それがすべての始まりだった

何十個も鍋を焦がしながらまだ台所をうろうろし
到来物のクッキーの缶を抱えて納戸の隅に鼠のように隠れ
呑んべだった母は盗み酒の果てにオーデコロンまで飲んだ
時折思い出したように薄汚れたガウン姿でピアノの前に座り
猥褻なアルペジオの夕立を降らせた
あれもまた音楽だったのか

（「ふたつのロンド」第五、六連）

六、フォルムの亡骸、空洞の器——「質問集」について

『コカコーラ・レッスン』は、これより二年程前に刊行された二冊の詩集『質問集』と『タラマイカ

偽書残闕』（いずれも一九七八年）が、そのまま収録されて、この詩集の多様性を更に広げている。「質問集」（「質問集続」も含めて）では、二十八片の短い断章が、すべて問いの形で成り立っている。どんなに巧みに問われているとしても、問いの断片を列挙するだけでは詩にならない。既成の詩概念に照らせば、これも非詩的な試みである、と言えるだろう。しかし、それにもかかわらず、詩ではないという印象が、同時にこれも詩であるという確かな感じを打ち消せないのはなぜか。

からだはどこかで言葉に触れている、でもいったいからだは言葉を求めているのでしょうか、それとも言葉から逃れようとしているのでしょうか？

　あなたの耳は粒立つピアノの音をとらえている、そのときあなたのうちに湧く感情は、窓枠を這う一匹の蟻にとって、いかなる意味をもっていますか？

　地平線に遮られて見えぬ都市に火の手が上った。風にのって聞こえてくる阿鼻叫喚、その中に一人の唖者のいることを、あなたは聞きわけられますか？

　使いこんだねじ廻しの刃が欠けたその午後、それを捨ててあなたは工具店へ出かけた、真新しい工具の数々を見て、あなたははにかむことを思い出したのではありませんか？

（「質問集続」初めの四片）

これらの断章では、性質の違う事柄について、すべて注意深く繊細に問われている。どこに深い注意が払われているかと言えば、これまで一度も問われたことのない問い、答えることが不可能か、あるいは無数の答えがありえて、問うこと自体がナンセンスのような問いを成り立たせることに対してである。何の実効性をともなわない問いばかりが発せられている。その意味でここにあるのは質問ではない。質問というフォルムであり、問いという亡骸である。しかし、そのことによってこそ、これらは詩たりえている。もし、明らかに実際的な目的をもった、一義的な回答を可能にする質問を並べても、それは詩とは無縁であろう。これらが詩であるのは、質問が質問の意味をもたないことによってである。

このことは「ロールシャハ・テスト図版1」という作品についても、同じことが言えるだろう。精神医学におけるロールシャハ・テストとは、インクを滴らせた紙が二つに折られ、そのしみによってできる左右対称のあいまいな図形が、何に見えるかをテストするものである。被験者の答えによって、その人の心理が分析されたり、人格が診断されたりする。しかし、この作品は医学的な目的に奉仕するものではない。むしろ、それを無化して、ロールシャハ・テストの形式を利用することで成り立っている。つまり、谷川はみずからを仮の被験者の立場に置いて、もっぱらロールシャハのテストに答えている振りをするわけだが、実際は図形から受けた印象や刺激によって、喚起されたイメージを展開させている、と言うことができる。先の「質問集」とは逆に、これは問いのない答だけでできている。本来、問いのない答えというものはないわけだから、これは答ですらなく、純粋なイメージの自動運動があるばかりだろう。

この無目的、無根拠の名付けようもない行為とは何か。そう問われたら、それはまさしく詩的行為と呼ぶほかないだろう。ところで「質問集」と対照すると分かりやすいので、ひとまずこれまで書いてきたような理解の仕方を示したが、実は「ロールシャハ・テスト図版1」は、それほど単純な作品ではないはずだ。確かに先のわたしの理解にそのまま当てはまる、次のようなパートに代表される部分も多くある。

このまだらなもやもやの中へ入ってゆこう、形を成さぬ未生以前のものと、腐りはて形を失ったものとの区別がつかない、沼、あるいは星雲、眼はどろどろに溶けてもう見えないが、口はいっぱいに頬張ったものをまだ味わいつづけ、皮膚は内と外との境界を失って、私を自分の臓腑の中へ溶けこませてゆく、至福と絶望とがおなじものだという感覚、だがこの訳の分らぬもやもやも、私が中学校で習った元素でできているんだ、とそう思った瞬間私は夢から覚めていた、だがあたりを見廻そうとすると、眼は見えない、口にはゲル状のものがつまっている……もやもやは夢の重なり、太古からの夢の地層、何度でも夢から覚めるがいい、私よ、夢はもうひとつの夢への通路なのだから。

（「ロールシャハ・テスト図版1」十一番目の断章）

作者は図形の恣意的な印象から入って、それをイマジネーションの自動的な働きに転化している。しかし、この他にもこのテストを発明したヘルマン・ロールシャハの研究室のなかの様子を想像している冒頭の断章もあれば、図形の印象からは遠い連想の世界に遊んだり、それを視覚的なイメージではなく、聴覚的な音象（オノマトペア）として表現している部分もある。また、平叙的な散文の文体もあれば、行分け詩の部分も、現象学的なところもあれば、妖しい物語風も、シュールリアリズムの自動記述に近い叙述もある。それ自体は詩とは関係のないロールシャハ・テストの形式が、自在な方法に転化した途端に、そこから放射状に多方向の詩的試みが引き出されていったのである。

七、原始人のことば遊び――「タラマイカ偽書残闕」について

「タラマイカ偽書残闕」は、この詩集の最後に付け加えられている作品である。序詞によると、この作品はタラマイカ族という歴史上、存在した痕跡のない少数民族のもつ、創世記とも呼ぶべき叙事詩の断片ということになっている。この痕跡のない民族にタラマイカ語の原テキストがあるというのもおかしいが、それがスウェーデン語に訳され、更にウルドゥ語に、それをまた英語に、そして、最後に〈私〉によって日本語に訳されたのだという。このような誰にも透けて見える、根拠のない、いかがわしさ、ウソを何重にも掛け合わせて、創世記神話の偽書がここに出現する。

偽書という、いんちき臭い仮装のもとで、詩人は何を表現しようとしているのか。それは神話的な構想という点で、一見、共通性があるように見える、入沢康夫の『わが出雲・わが鎮魂』（一九六八年）を思い起こさせる。この戦後の現代詩における屈指の秀作は、『古事記』『日本書紀』『出雲風土記』などのテキストを、下敷きにし、また、引用という形でもそれを露出させている。それはすでに冒頭の《やつめさす／出雲／よせあつめ　縫い合された国／出雲／つくられた神がたり／出雲／借りものの　まがいものの／出雲よ／さみなしにあわれ》に明らかである。寄せ集め、縫い合わされ、借

りられた、まがいものの国〈出雲〉とは、神話の世界であると同時に、詩人の故郷でもあり、また、死者たちの群がる地帯でもあり、ことばや詩の始原の姿をも示している。作者はその多義的な世界に入り込み、死者や自然の霊と交信しながら、いっそう寄せ集めの、まがいものの作品世界を増殖させる。もとより、神話的な図柄がちりばめられてはいるが、新しい風土記や創世記を書いているのではない。それらの不可能にこそ、詩的行為の本質が見極められている、と言ってもよい。

谷川の「タラマイカ偽書残闕」は、一見、これに似ているようでもあり、これのパロディーのようでもあるが、実はまったく対照的な試行である。そもそもタラマイカは出雲のような歴史的、地理的な実体をもたない。それは地上にどんな痕跡もない架空の民族の名前であり、もとよりそこに詩人の故郷のような、自然の山川草木を思い浮べることはできないし、親しかった死者の霊魂の叫びを聞くこともできない。この偽書の根底には『わが出雲・わが鎮魂』のような無数のテキストは存在しないし、まがいものを織り上げる豪奢な縫い目もないし、豊かな神話的な図柄自体が欠如しているのである。谷川は創世記神話の偽書というアイデア、それ自体は空っぽの器以外に何も持たなかったのではないか。あとは素手でそれを仮構する方法を見付けていく他なかっただろう。

そこにⅠからⅩまでの十篇の行分け詩が書かれているが、それぞれの主題はニセのテキストを導く標識のようなものだろう。まず、眼、耳、口、鼻、皮膚などの五感の感覚の獲得の過程がうたわれている。たとえば眼は《光の／刃が／切りつけた》切り傷であり、耳は《音の／錐が／もみこまれた》突き傷であり、鼻は《匂いの／焼串が／つらぬいた》瘢痕であり、そして、《心を／めざめさせるのは／痛み。》なのである。人間が人間の感覚を生み出すのは、《痛み》だというのは、この詩人の詩的な哲学だろう。次いで叫びを主題とする章がくる。雨は音を立てるだけ。《ハピトゥム　テム　チャ。》

と。虫は肢をこするだけ。《ミリル　ギジジ　クキュ　チ。》と。岩はきしむだけ。《オオマ　ノオオヤ　コオオザガ。》と。木は凪にさやぐだけ。《ササザ　ザザジ　フィフィルゥ。》と。そして、本当に叫ぶのは《巣をつくるもの／卵を抱くもの／子に乳をあたえるもの。》だという。

ここにあるのは、生きものの誕生にまつわる伝説である。そして、人間がいかに幻想としての人間になりかわっていったのか、それを詩の言語に固有な想像力で、いわばニセの物語として実現するドキュメントなのである。従って、感覚の出現する章のあとに、名前や数字の発生の物語がくる。次いで「Ⅶ（おおいなる暗い姿の出現）」が登場する。

ぐるぐるまわる　まわるる　まわわるる
渦巻きの芯には
何もない
ただ力だけ。

ぐるぐるまわる　まわるる　まわわるる
臍から
撚り出される
黒い糸。

ぐるぐるまわる　まわるる　まわわるる

口から
捩り出される
黒い息。

ぐるぐるまわる　まわるる　まわわるる
体が溶ける
草が溶ける
体と草がまざりあう。

ぐるぐるまわる　まわるる　まわわるる
穴があく
穴になる
穴のむこうのそれ。

（「Ⅶ（おおいなる暗い姿の出現）」）

この異様な貧しさは本質的である。なぜなら先の入沢康夫の詩がもっていた、無数のテキストという重層的な時間を、拒んだところに訪れているからだ。だからこそ作者は心置きなく原始人になって、楽しんでいる。「タラマイカ偽書残闕」のいたるところに、ことば遊びの形が出てくるが、それは実際のこどもではない、原始人という〈こども〉を仮構することで可能になっているものだろう。この時期は作者にとって、『ことばあそびうた』（一九七三年）『ことばあそびうたまた』（一九八一年）や

『わらべうた』（一九八一年）の制作時期でもあった。《ぐるぐるまわる》の音韻的効果や、先の雨や虫、岩や木の自己創造的なオノマトペアの工夫にもそれが見られるが、それよりも、全篇を通して見られる、私性を消した原始的感覚に、ことば遊びの世界との共通性がある。それにしても、〈私〉を消すことで想像される、この混沌とした《おおいなる暗い姿》とは何なんだろう。それは精神とか、観念、幻想と呼ばれるものではないのか。それは暗く深い穴の彼方にあるものだ。

まだ、このニセの神話の試みは続くが、そこで語っているのは、詩人ではない。詩人の中で目覚め、《おおいなる暗い姿》となったニセの原始人である。偽書とは形や方法を変えた〈ことばあそびうた〉なのであった。そこでひとりの孤独な原始人は、裸であるいは素手で、何ものかの始まり、ことばや意識の始原を巡って、思う存分楽しんでいる、あるいは真剣に遊んでいる。そこまでを見届けた上で、最後は、詩集『はだか』（一九八八年）のなかの「むかしむかし」の冒頭の二行で締め括ることにしたい。

むかしむかしぼくがいた
すっぱだかでめをきょろきょろさせていた

（二〇〇四年四月一日）

あとがき

　この書の成立について、いくつかの覚えを書いておきたい。まず、ここに編まれた論考のうちⅡのパートは、一九六五年、最初に機会を与えられて書いた未熟な谷川俊太郎論以来、ほぼ、四十年近くの間、折に触れて書いてきたものを執筆順に並べている。それらが発表された場所や日付は、それぞれの論の後に付けられている。もとより、どの論も一冊の書物をめざして書き継いできたものではない。だから、それが書かれた事情、すなわちわたし自身のモティーフ、発表媒体の性格、編集者の意向などによって、ずいぶん文体が異なっている。そこに谷川さんの詩や仕事の性格も影響しているし、わたしが無意識に身を浸している時代状況も映し出されているだろう。

　言うまでもないことだが、これらは谷川俊太郎の詩の鑑賞や分析を中心にした論文集でも研究書でもない。彼の詩や仕事も時代や社会の移り変りのなかで、カメレオンのように変貌し、生成展開する。それについて考えることが、わたし自身が向き合っている現代詩の在り方やヴィジョンについて考えることにもなるような、そんな態度で積み重ねてきた批評をここに集めたに過ぎない。それにしても、わたしはずいぶん生意気なことをあちらこちらで書いている。しかし、今回、初めてこれらの論を全部読み直して、谷川さんと同時代に、詩や批評を書く幸運に恵まれたことを痛いほど感じた。

　ただ、Ⅱのパートだけでは一冊の書物の体裁が整わない。大事なものが欠けているからである。そこで書き下ろしたものが、ⅠとⅢのパートである。ただ、Ⅰの「詩はどこから始まるか」の原稿用紙にして最初の十枚ほどは、大阪桐蔭中学・高等学校の教育雑誌「桐」33号に書いたものと重なっているし、全体としてわたしが山口・福岡の高等学校で〈出前授業〉した時のメモやノートを参考にしている。谷川俊太郎の十代の詩を論じるためには、若い人に語りかける文体の方がふさわしいので、できるだけその口調や論理を残そうと試みた。また、Ⅲのパートも、初めの十枚ほどは、雑誌「ガニメデ」（二〇〇四年七月）に書いた、やはり『コカコーラ・レッスン』論と重なる部分がある。いずれもこのⅠとⅢの部分（原稿用紙にして百枚余）を書き下ろす上で、大切なきっかけになった試みであることを付け加えておきたい。

なお、上記以外に論点が重複するということで、ここに収録しなかった小論に「ミステリアスな感覚」（「飛ぶ教室」15号）、英訳詩集『62 Sonnets & Definitions』の解説（「Introduction」）などがある。また、一九八五年の八月に関東学院大学の葉山セミナーハウスで行なった、〈現代詩セミナー〉の記録「未知なるものへ」（現代詩読本『谷川俊太郎のコスモロジー』収録）は、わたしの口頭発表の谷川俊太郎論と谷川さんとの対談で構成されている。これもここには収めなかった。

初めは本の表題として〈谷川俊太郎の詩を読む〉というような文句を考えていたが、ⅠとⅢの部分を書いたことで『谷川俊太郎の世界』という題にする気持ちが固まった。それがふさわしいかどうかは、読者の判断に委ねるほかない。最後になったが、この一冊を編む上で、思潮社編集部の高木真史さんから得た大きな助力、また、刊行に当たって、ご支援下さっている小田久郎さんに感謝のことばをお伝えしたい。

北川 透

谷川俊太郎詩集一覧

『二十億光年の孤独』	一九五二年	創元社
『六十二のソネット』	一九五三年	創元社
『愛について』	一九五五年	東京創元社
『絵本』	一九五六年	的場書房
『あなたに』	一九六〇年	東京創元社
『21』	一九六二年	思潮社
『落首九十九』	一九六四年	朝日新聞社
『日本語のおけいこ』	一九六五年	理論社
『旅』	一九六八年	求龍堂
『うつむく青年』	一九七一年	サンリオ出版
『ことばあそびうた』	一九七三年	福音館書店
『空に小鳥がいなくなった日』	一九七四年	サンリオ出版
『夜中に台所でぼくはきみに話しかけたかった』	一九七五年	青土社
『定義』	一九七五年	思潮社
『誰もしらない』	一九七六年	国土社
『由利の歌』	一九七七年	すばる書房
『タラマイカ偽書残闕』	一九七八年	書肆山田

『質問集』　一九七八年　書肆山田
『そのほかに』　一九七九年　集英社
『コカコーラ・レッスン』　一九八〇年　思潮社
『ことばあそびうた　また』　一九八一年　福音館書店
『わらべうた』　一九八一年　集英社
『わらべうた　続』　一九八二年　集英社
『みみをすます』　一九八二年　福音館書店
『日々の地図』　一九八二年　集英社
『どきん』　一九八三年　理論社
『対詩　1981.12.24〜1983.3.7』（正津勉と共著）　一九八三年　書肆山田
『スーパーマンその他大勢』　一九八三年　グラフィック社
『手紙』　一九八四年　集英社
『日本語のカタログ』　一九八四年　思潮社
『詩めくり』　一九八四年　マドラ出版
『よしなしうた』　一九八五年　青土社
『いちねんせい』　一九八八年　小学館
『はだか』　一九八八年　筑摩書房
『メランコリーの川下り』　一九八八年　思潮社
『魂のいちばんおいしいところ』　一九九〇年　サンリオ
『女に』　一九九一年　マガジンハウス
『詩を贈ろうとすることは』　一九九一年　集英社

『十八歳』	一九九三年	東京書籍
『子どもの肖像』	一九九三年	紀伊国屋書店出版部
『世間知ラズ』	一九九三年	思潮社
『ふじさんとおひさま』	一九九四年	童話屋
『モーツァルトを聴く人』	一九九五年	小学館
『真っ白でいるよりも』	一九九五年	集英社
『クレーの絵本』	一九九五年	講談社
『やさしさは愛じゃない』	一九九六年	幻冬舎
『みんな　やわらかい』	一九九九年	大日本図書
『クレーの天使』	二〇〇〇年	講談社
『minimal』	二〇〇二年	思潮社
『夜のミッキー・マウス』	二〇〇三年	新潮社

＊この一覧は、撰詩集等を除き新作詩集について、『CD―ROM谷川俊太郎全詩集』（二〇〇〇年、岩波書店）の「収録詩集一覧」を参照し増補したものです。

＊「危機のなかの創造」は『詩と思想の自立』（一九六六年）に、「宿命の幻と沈黙の世界」は『幻野の渇き』（一九七〇年）に、「蓄音器と無学」「詩集『定義』を読む」「醒めた眼」は『熱ある方位』（一九七六年）に、「怪人百面相の誠実」「カタログという戦略」は『侵犯する演戯』（一九八七年）に、「零度の語り手」「非中心という無意識」「〈世間知らず〉のパフォーマンス」は『詩的90年代の彼方へ』（二〇〇〇年）に、それぞれ収録されている。いずれも思潮社刊。「漂流することばの現在」は未収録。「詩はどこから始まるか」「詩集『コカコーラ・レッスン』の世界」は書き下ろし。

北川透（きたがわ・とおる）

一九三五年、愛知県碧南市に生まれる。五八年、愛知学芸大学卒業。六二年、詩と批評誌「あんかるわ」を創刊し、九〇年に終刊するまで、同誌を基盤に精力的な詩と批評の活動を展開する。九一年、下関市に移住し、九六年九月から二〇〇〇年九月まで、詩と批評誌「九」を、山本哲也氏と共同編集で刊行。

詩集に『眼の韻律』『闇のアラベスク』『反河のはじまり』『遙かなる雨季』『情死以後』『魔女的機械』『死亡遊戯』『隠語術』『ポーはどこまで変れるか』『戦場ケ原まで』『デモクリトスの井戸』『黄果論』『俗語バイスクール』など。主な評論集に『詩と思想の自立』『中原中也の世界』『〈像〉の不安』『北村透谷■試論』全三巻『詩的火線』『詩的弾道』『中野重治』『詩神と宿命——小林秀雄論』『荒地論』『侵犯する演戯』『詩的レトリック入門』『萩原朔太郎〈詩の原理〉論』『萩原朔太郎〈言語革命〉論』『詩論の現在』全三巻などがある。

谷川俊太郎《たにかわしゅんたろう》の世界《せかい》

著者
北川透《きたがわとおる》

発行者
小田啓之

発行所
株式会社思潮社
〒一六二─〇八四二　東京都新宿区市谷砂土原町三─十五
電　話＝〇三─三二六七─八一五三（営業）　八一四一（編集）
ＦＡＸ＝〇三─三二六七─八一四二（営業）　三五一三─五八六七（編集）

印刷
オリジン印刷

用紙
王子製紙・特種製紙

発行日
二〇〇五年四月二十日